文春文庫

# 都市伝説セピア

朱川湊人

文春文庫

# 都市伝説セピア

朱川湊人

文藝春秋

目次

# 都市伝説セピア

# アイスマン

# 1

〝河童《かっぱ》の氷漬け〟というものを見たことがあります。

縦一メートルと少し、横七十センチくらいの長方形の氷の中に、褐色というよりはチョコレート色に近い河童の亡骸《なきがら》が、横たわった姿で封じ込められているのです。

二十五年前の夏――私が精神の安定を欠いて、岐阜県M市の祖父の家に厄介になっていた時のことでした。

その夜、私は一つ年上の従兄弟《いとこ》の孝一くんと、近所の神社の夏祭りに出かけました。私はそれまで名さえ知りませんでしたが、県下では有名な神社らしく、近くの沿道までが出店でいっぱいになるほど盛大なお祭りです。昼にはお神輿《みこし》が出て近所中をねり歩いたりしましたが、やはり楽しいのは夜でした。

神社の沿道には提灯《ちょうちん》が下げられますが、それよりもまぶしい夜店の裸電球が目の高さに並んでいます。そのせいでしょうか、神社を囲う木々の暗がりはいっそう深く濃く、いつもより見通しが悪くなりました。それはまるで人外《じんがい》の者まで寄り集まるのを許しているような闇で、私は妙な心安さを感じたものでした。

神社の境内《けいだい》を初めは二人で歩いていましたが、そのうち孝一くんは親しい友だちと行き合い、楽しそうに彼らと話し始めました。その中には彼の恋人らしい女性も混じっていたので、私は気を利かせて、単独行動を取りたいと申し出ました。見知らぬ人たちと話すのは億劫《おっくう》でしたし、その方が気が楽だったのです。

初めての場所でしたが、何の不安もありませんでした。むしろ一人になれた嬉しさに、久し振りに心が浮きたつような思いでした。祖父の家に来てからというもの、絶えず誰かしらが私の動向を心にかけていましたので、多少息苦しかったのです。

浴衣と半袖シャツの人の群れに押され、ベルトコンベアーで運ばれるように私は、参道を進みました。

雑踏は、様々な音と香りに満ちていました。

まだ耳に馴染《なじ》まない地元の言葉、香具師《やし》がかけているトランジスタラジオからの巨人—中日戦、また別のラジオからはキャンディーズの『年下の男の子』。醬油の焼ける香りに刺激された鼻には、浴衣姿の女の子から立ちのぼる石鹼の香りが、いっそう爽やかでした。

場所は正確には覚えておりませんが、確か社殿の裏の方だったと思います。

ひしめいていた夜店を眺めていた私の目に、突然、奇妙な絵が飛び込んできました。

周囲は暗がりに溶け込んでいるというのに、その鮮やかな色彩は、遠くからでもかなり目だっています。

「ほら、あれ見て。今どき見世物小屋やて」

「ほんまや。初めて見たわ」

私の横を歩いていた二十歳くらいのアベックが、興奮した口調で言いました。

見世物小屋！

私はその言葉に強く惹《ひ》かれました。すぐさまその絵に駆け寄りたいと思いましたが、人混みをすり抜ける気にはなれず、雑踏の流れに乗って、ゆっくりと歩を進めました。

その看板の全貌が見えてくるにつれて、私は胸が高鳴ってくるのを感じました。

その頃、私は十六歳でしたが、見世物小屋というものを見たことはありませんでした。今から二十五年前の昔でも、それはすでに姿を消していたからです。私もただ知識として知っているばかりで、〝親ノ因果ガ子ニ報イ〟というフレーズと共に、消え去った前時代のいかがわしいものという認識だけがありました。

私は近くまでたどり着くと、流れからはずれて、その小屋の前に立ちました。

小屋はだいたい十四、五メートル幅で、朱と紫の縞《しま》の幕や、安っぽい鳳凰《ほうおう》の刺繍《ししゅう》の入った紺の幕などで飾りつけてありました。隙間ができるのを恐れてでもいるように、セルロイドの薄っぺらい造花がところどころに下げられてもいます。

頭上には布に描いた絵看板が三枚並べられ、どれもが凄まじいものばかりでした。右から『かに娘』『イモリ小僧』『山鳥娘』というタイトルがつけられています。

『かに娘』は、赤い振袖姿の少女の絵でした。いつの時代のことなのか、時代劇に出てくるような裕福な町娘という風情で、扇を手にほほ笑みながら、畳の上に横座りしています。着物の裾は左右に不自然に広がっていて、そこから生々しい蟹《かに》の節足が覗いていました。色は生っぽい赤で、先端は鋭く尖っています。

『山鳥娘』はいっそう凄まじく、鳥の体に若い女の頭がそのまま ついている絵でした。昔の清純派女優の顔に似せられていて、ニッコリ笑っている表情が、より不気味なムードを醸しています。どこかの農家の裏庭で飼われているのか、ごく当たり前の様子で止まり木に止まっていて、それを見ているハイカーらしい男が驚愕の表情を浮かべていました。けれど体は明らかにチャボで、果たして山鳥と呼んでいいものかどうか、疑問を感じるところでした。

もっとも気に入ったのが『イモリ小僧』の看板です。きっとその頃の私の琴線に、大いに触れるものがあったのでしょう。

イモリ小僧は、首から下は腰蓑《こしみの》をつけた普通の人間でした。胸の筋肉が発達し腹筋がくっきりと割れ、鍛えあげられた美しい体をしています。けれど首から上は哀れにもイモリそのままで、顔の三分の一を、ぎょろりと見開いた目が占めていました。先端が吸盤状になった指先で金色の鯉を摑み、頭から齧《かじ》りついています。鯉の尾びれは九十度近く反り返り、食われるものの苦しみを表していました。

彼のいる場所がまた、象徴的でした。桃色の水を湛《たた》えた池の上に大きな蓮の花が浮かび、その真ん中にイモリ小僧は座っているのです。あたりには美しい花が咲き乱れ、空までが淡い桃色で、どう見てもそこは極楽浄土と呼ばれる世界に違いありませんでした。

なぜかイモリ小僧は、その身は極楽にありながらも、肉を欲する己の業をどうにもできない哀れな生き物として、看板に描かれているのです。

私は見世物小屋の前に立ち尽くし、長い間その看板を見ていました。見とれていたという方が、正しいかも知れません。

「さぁさぁ、お集まりなさいお集まりなさい。どこでも見れるシロモノじゃないよ。こんな人間、この世にいたのかと頭の芯までしびれる大ショック。一目見ておけば、一生の話のタネになるよ。さぁさぁ、どうぞ中まで入ってごらんなさい」

少し高くなった段の上から、ランニングシャツ姿の五十歳くらいの男が、マイク片手に熱っぽくしゃべり続けています。琥珀《こはく》色のサングラスの下に見える目は、極端な斜視でした。

男は細長い棒で看板の絵を指し示しながら、奇怪な人間の生い立ち来歴を、巧みな口調で語っておりました。どういうわけか『かに娘』の話に終始していて、私がもっとも聞きたい『イモリ小僧』や『山鳥娘』については、何も言及しておりませんでした。もしかすると、その二人は実際にはいないのかも知れません。

「さぁ、どなた様もどうぞどうぞ、もっとこっちに近づいて。ほら、いっぺんだけ見せますよ」

そう言いながら男は、自分のすぐ横にあった緑色のカーテンを、棒の先で少しだけ開けました。

細い鉄格子の向こうに、こちらに背を向けて座っている女性の後ろ姿が見えます。看板のものより数段落ちる着物を着て、頭に光り物のついたかんざしを挿しています。けれど娘と呼ぶには年を取り過ぎているのが、後ろ姿でもわかりました。

「まもなくこのお姉さん、帯解かれ着物脱がされ、その身のすべてお見せいたします。そしたらみなさん、腰から下、腿のつけ根あたりを、じっくりごらんになってみて下さい。奇怪な蟹の足がぞろりぞろぞろ、一度見れば一生話のタネに困らないシロモノだよ」

男はもったいぶった調子でカーテンを閉め、さらに流暢《りゅうちょう》な呼び込みを続けました。

「今日は有り難い××神社の夏祭りだ。みなさんの篤い信心に、さぞや神さまもよろこんでいらっしゃろうというもの。ならばこそ、この姉さんにも、その信心分けてやって下さい。みなさま方の罪滅ぼしにもなるかと思います。賽銭《さいせん》がわりに大人三百円お子さん百円、中人は二百円だよ」

最後の言葉は、私に向かって投げかけたものでした。私には中人という単語が、ひどく奇妙なもののように聞こえました。入り口に貼ってある料金表によると、中人とは中学・高校生のことだそうです。

呼び込みに直接言葉をかけられたのが、背中を押されるきっかけになりました。私はポケットの中にいくつ百円玉があるかを確かめ、小屋の入り口に足を進めました。この機会を逃したら、本物の見世物小屋を見ることなど、もうないでしょう。

「ちょっとちょっと、お兄さん」

突然、木戸をくぐりかけた私の腕をつかむものがありました。

振り向くと、黄色いワンピースを着た十歳くらいのおかっぱ頭の女の子が、ニッコリと笑っていました。目が大きく、二重瞼がくっきりとした可愛らしい顔立ちでしたが、右側の前歯のないのが玉に瑕《きず》と思われます。

「向こうに、もっと面白いものがあるよ。一緒においでよ」

女の子は爪先で伸び上がって、私の耳元に囁きました。口元からかすかに、ハッカの香りが漂っていました。

「なんだい？　面白いものって」

「とにかく、ちょっとこっちに来て」

女の子は私のシャツの裾をつかんで、見世物小屋の前から引き離しました。

「このチビめ！　お前、さっきから何やってんだ！」

呼び込みをしていた男が、突然、こちらに向かって叫びました。その怒声に近くにいた人が何人か振り向きましたが、女の子には、まったく怖《お》じる様子もありませんでした。

「ねぇキミ……どこまで行くんだい」

私はシャツを引かれるまま、かなりの距離を歩きました。境内のはずれの大きな石灯籠《いしどうろう》の前まで来ると、彼女はようやく立ち止まりました。そこは夜店の切れ目のような場所で、薄暗がりの中で何人もの人が、煙草を吸ったりジュースを飲んだりして休んでいます。

「ダメだなぁ、お兄さん。あんなのにお金を使っちゃ損だよ」

まるで前から私を知っているかのように、女の子は馴れた口調で言いました。

「キミは誰だい？」

「私のことなんて、どうでもいいよ。とにかくあの小屋はね、ガマシみたいなものなの。見たってガッカリするだけだよ」

年に似合わない、大人びた口調です。

「ガマシってなんだい？」

「インチキよ、インチキ。大きな板に血をつけて〝大イタチ〟っていうヤツ」

くわえ煙草でもさせれば似合いそうな、斜《はす》に構えた態度で女の子は言いました。私はその〝大イタチ〟のジョークを知らなかったので、つい声を出して笑ってしまいました。

「やっぱり、同じ見るなら本物じゃなくっちゃね。この先に、すごいのをやってるところがあるんだ。連れてってあげるよ」

「なんだい、すごいのって」

「河童だよ、河童。正真正銘の本物さ」

「河童？」

私は思わず首をひねってしまいました。本物の河童が、この世にいるのでしょうか。

「本当だよ。このくらいの河童の死体がね、氷漬けになってるんだ。すごいよ」

女の子は両手を広げて大きさを示しながら言いました。だいたい一メートルくらいでしょうか。

「ガマシの小屋だったら、絶対にじっくり見せないでしょ？　でも、ここのは違うよ。本物だから、すぐ目の前で見れるんだ。ナットク行くまで、何時間だって見れるよ」

河童の死体を何時間も見たいとは思いませんが、私はかなりその気になっていました。

いえ、本当は河童の死体云々より、この女の子に惹かれるものがあったのです。うまく説明はできませんが、もっとこの子と話してみたい……という気持ちになっていたのです。

「いくらで見られるの？」

「本当は大人三百円なんだけど、お兄さんは何となく布施明に似てるから、二百円で見れるように頼んであげるよ」

どうやら中人料金はないようです。

「じゃあ、行こう」

女の子は再び私の腕を取り、雑踏の中を歩き始めました。ほのかに汗ばんだその手の冷たさに戸惑いを感じながらも、私は黙ってついていきました。

女の子に連れてこられたのは、神社の敷地を抜けて少し歩いた、土がむき出しになった駐車場でした。そこには何台かの車が止まっていましたが、目指すものはすぐにわかりました。駐車場の一番奥に幼稚園バスをちょっと大きくしたようなバスが止まっていて、そのボディーに『世界初！　河童の氷づけ　正真正銘の本物』と書かれた横断幕が張ってあったからです。乱雑で、あまり知能の高さが感じられない文字でした。

見世物小屋の前に立っていた時よりも、ずっと大きな胸の高鳴りを私は感じました。きちんと小屋を作って営業しているものより、何倍もいかがわしく、何倍も刺激的に見えたからです。

バスの窓は内側から何か貼ってありましたが、車内に点《とも》っているピンク色の明りが隙間から漏れていました。発電機のけたたましい音に消されながら、大きなテープレコーダーから割れた音楽が鳴っています。映画音楽の『太陽がいっぱい』でした。

「ここだよ……後ろから入るんだ」

運転席の脇とボディーの横に出入り口がありましたが、最後部にも救急車のような観音開きのドアがつけられていました。そのドアは大きく開け放たれていましたが、分厚い茶色のカーテンで中が見えないようになっています。

その入り口のすぐ横に、すさまじく太った男が、ひっくり返したビールケースに腰かけていました。

いったい何をどう食べれば、あんなに太るものなのでしょう。黒い半袖シャツから伸びた腕は、肩から手首まで同じ太さで、くびれもほとんどありません。足はすでに円柱ではなく、投げ捨てられた土嚢のように扁平でした。まるでシャベルですくい取ったドブ川の泥を、三角錐の形になるように積み上げたような男です。

「お金は先に払うんだよ」

私は女の子に手を引かれ、男の前に立ちました。男は目をつぶっているものとばかり思っていたのですが、切れ目のような溝の中で眼球が緩慢に動いていて、ちゃんとこちらを見ているのだと気づきました。

「このお兄さん、いい人だから二百円にしてあげて」

女の子が言うと、男は無言のままうなずきました。口で呼吸しているらしく、シュウシュウという呼吸音がはっきりと聞こえます。

「じゃあ、ゆっくり見てね」

男に百円硬貨を二枚渡すと、女の子は私の背中を押しました。バスの後ろには簡単な木の階段がつけてあり、中に上がることができるのです。

私はカーテンをくぐって、ピンク色の照明に照らされたバスの中に入りました。鼻の奥がひりつくような刺激臭に満ちていて、心なしか目にもしみるようでした。座席はすべて取り払ってあり、運転席の後ろに大きな水槽のようなものがあります。窓をつぶしてたくさんの写真パネルが飾ってあり、先客のアベックが、それを見ながら眉をひそめていました。

私はあの女の子が入って来てくれるのを期待しましたが、中までは案内してくれないようです。きっとまた、別のお客を探しに行ってしまったのでしょう。

私は何だか放り出されたような気持ちになって、バスの中を見回しました。よく見ると水槽と思ったものは、大きな冷蔵庫でした。レストランの厨房などで使っているようなステンレス張りのもので、フタを上に跳ねあげるタイプのものです。風が通っていないのに、なんとなく涼しいのはこのせいでしょう。

その中に少女が言った〝河童の氷漬け〟があるようです。開け放たれたフタの裏には、手書きの説明文まで付けられています。

けれど私は、すぐにはその中を覗いたりはしませんでした。自分自身を焦《じ》らすようなつもりで、わざとのんびり壁の写真パネルを眺めました。

そこには外国の見世物芸人の写真が、ずらりと並べられていました。すべて身体のどこかに異常がある人間たちで、どれもこれも初めて見るものばかりでした。身体の一部が変形しているもの、極端に肥大しているもの、あるいは縮んでいるもの、小人、大男……後年、映画で有名になった『エレファントマン』ことジョン・メリックの生前の写真もありました。

写真はどれもプロのカメラマンに撮られたものらしく、ピントがきっちりと合っていました。中には写真館のホリゾントの前でポーズを取っているものまであります。

私は息をつめて、一枚一枚を丹念に眺めました。この写真を見られただけでも、二百円の価値はあると思いました。

特に気に入ったのは、ヒルトン・シスターズという美しいシャム双生児の姉妹でした。腰のあたりで繋がっている二十歳くらいの姉妹ですが、どちらも息を飲むほどの美貌の持ち主です。向かって右がデイジー、左がヴァイオレットとわざわざ注釈がつけられているところに、この展示を作った人間（やはり、あの太った男でしょうか）の姉妹への愛情が感じられました。

私はそのパネルの前に立って、美しいシャム双生児の数奇な人生を夢想しました。この写真が撮られた後、彼女たちはどんな人生を送ったのでしょうか。当時は一九七五年でしたが、その時でもまだ存命していたのでしょうか。

一通り写真パネルを見た後、いよいよ冷蔵庫の前に立ちました。その頃には先客のアベックも出ていってしまい、私一人の貸し切り状態です。何か悪いことでもするかのように左右を見回し、深く息を吸った後、その奇妙なものの姿を私は覗き込みました。

そこにあるのは、紛う方なく河童の死体の氷漬けでした……と言いたいところですが、なるほど、よく考えたものです。緊張していた私は、冷蔵庫の中を一目見て、思わず笑みを浮かべてしまいました。

大きな冷蔵庫の中には、長さ一メートル以上、幅七十センチくらいの、いうなれば墓石のような長方形の氷が安置されていました。その中に、濃淡さまざまな茶色を混ぜっ放しにしたような、奇妙な色の物体が封入されているのです。

確かに人の形をしています。下腹が突き出た腹に、細い手足がつながっています。左腕は真上に差し上げられていて、肘関節で内側に折れ、まるで誰かに向かって手を振っているようなポーズです。

じっと顔を覗きこむと、目（なぜか、真っ先に見てしまう箇所です）は三分ほど開いていて、黒目のない眼球が覗いていました。河童というわりには口は嘴《くちばし》状ではなく、ごく普通の人間に近い形状です。唇をしっかりと閉じ、まるで歯を食いしばっているようにも見えました。頭には硬そうな茶色い髪が生え、言葉通りのおかっぱ頭でした。中央にはお約束のお皿らしきものが見え、腰には藁《わら》で作ったような腰蓑を巻いています。それもけれど、河童は厚い――少なくとも十センチ以上の――氷に覆われています。それも急速冷凍で作ったような、空気をたっぷりと含んで、あちこちに白い筋が走った透明度の悪い氷です。全体は薄ぼんやりと見えるものの、細かいところはまるで見えません。

少女は何時間見ていても構わないといいましたが、どれだけ長く見ようと、氷が溶けでもしない限り、これ以上鮮明に見えることはないと思われました。

じっくりと眺めた後の結論は、それは河童ではない……ということでした。おそらくは河童に似せて作った人形を、氷漬けにしただけのものでしょう。いえ、あるいは死んだ猿の全身の毛を剃り、河童風に作ったかつらを被せたものを、凍らせたのかも知れません。おそらく、そんなところでしょう。

正直なところ、私は少しがっかりしました。このお粗末な作り物に比べれば、写真パネルの展示の方がずっと面白いと思いました。

少女がさっき言っていた言葉を、私は思い出そうとしました。インチキのことを、確か何とか言っていたな……私は氷漬けの河童を見ながら一生懸命に考えましたが、結局思い出すことはできませんでした。

〝河童の氷漬け〟を見た後、私はカーテンをかきわけて外に出ました。そこにはやはりあの太った男が、さっきと同じ姿勢のままビールケースの上に座っています。私はなるべく彼の方を見ないようにして、すぐ横を通り過ぎました。

その時初めて、男がかなりきつい体臭の持ち主であることに気づきました。あるいは何日も入浴していないのかも知れません。

「……面白かったか?」

突然、男が口を開きました。油の足りないギアが噛み合うようなガラガラ声です。振り向くと、男は細い目をさらに細めていました。ほほ笑んでいるのです。

「あ……はい」

何と答えていいのかわからず、口先だけの返答をしました。

「明日もいるから……またおいで」

そう言いながら男は笑いました。口元から覗く歯は、黄色いのを通り越して褐色に見えました。

私はふと怖くなり、一度だけ頭を下げると、急ぎ足でその場を離れました。駐車場の入り口でもう一度振り返ると、明りを背にした男の姿は黒い影になっていて、本当に泥の山のように見えました。

けれど、その視線がまだこちらに向けられているのを、私は眉間にちりちりと感じていたのです。

## 2

「なんでカズキちゃんが一人で帰ってくんの！　ちゃんと案内したれって言ったやろ！」

一足先に家に戻り、離れの部屋で本を読んでいた私の耳に、苛ついた伯母の声が聞こえてきました。私は顔を上げ、孝一くんが帰ってきたのだと思いました。

孝一くんは伯父の二番目の子供で、私より一つ年上です。一緒にお祭りに行きましたが、彼が親しい友だちと会ったので、私は気をきかせて単独行動をしたいと申し出たのでした。

「でも、カズキくんが迷子になったりしたら、母ちゃんにどやされるで」

孝一くんはそう言って、なかなか首を縦には振りませんでした。

伯父一家はこんな風に、誰もが私のことを心配してくれます。その気持ちはありがたいのですが、いつものことだと気疲れしてしまうものです。

「大丈夫だよ。家からだって近いし……一回りしたら、すぐに帰るから」

私は熱心に孝一くんを口説きました。

出会った友だちの中には、彼の恋人らしい女の子もいます。自分がいることで、彼が楽しめなくなるのは嫌でした。ようやく彼は申し出を受けてくれ、私たちは賑わう境内で別れました。見世物小屋を見つけ、あの女の子に会ったのは、それからすぐのことです。

「カズキちゃんにもしものことがあったら、どうすんの！」

いつもにこやかに笑っている伯母には不似合いな、大きな声でした。私は本を閉じ、二人がいる台所に向かいました。私のために孝一くんが叱られているのに、黙っているわけにはいきません。

「あいつが勝手に決めて、さっさと行ってもうたんじゃ」

少し怒ったような孝一くんの声が聞こえた時、私の足は、よく磨かれた廊下の板張りの上で止まりました。

「俺がちっと友だちと話したからって、ものすごく暗い顔になっての。泣き出すかと思ったわ。あいつは、いつでも自分が注目されとらんかったらイヤなんじゃ。昔は可愛いところもあったんにの、やっぱりヘンになっとるで」

「それがわかっとるんやったら、何で一人にしたんか。あの子にもしものことがあってみぃ、東京の叔父さんに顔向けできんがな」

「また叔父さんか。いくら金借りとるからって……」

そう言いながら孝一くんは漬物でも摘んだのでしょう、ポリポリと芯のあるものを噛み潰す音が響いてきました。私は、自分の心が齧られているようだと思いました。

彼の友だちの前で、暗い顔をしたつもりはありません。けれど絶対にないかと言われると、とたんに気持ちはぐらつきます。

私は自分の記憶がどこまで正しいのか、自信が持てませんでした。自分で記憶と思っているものは実はただの空想で、それを記憶と思い違いしているのではないかと思えてしまうのです。

その頃の私の脳は、発泡スチロール製でした（もちろんものの喩《たとえ》ですが、軽くてフワフワして、生温《なまぬる》くて水を弾くところが、本当にそっくりだと思えます）。考えることや感じること、覚えることを一切やめてしまって、ただ、その場その場の刺激に対する反射しかしなかったのです。

その反射の仕方にしても、ひどいものでした。人の言うことがひどく遠くに聞こえ、逆に風の音や雨の音が、騒々しいほど間近に響きます。太陽がとても眩《まぶ》しく見え、始終どこかで物が焦げているような匂いがします。どんなものを食べても、メリケン粉を水で溶いたものを舐めているような味しかしませんでした。

父の言葉を借りるなら、私の精神はひどく疲れていたのです。長く厳しい受験生活をして来た反動だと父は言いましたが、実際のところは何が原因なのかわかりませんでした。

「もう二週間にもなるけど、あいつ、いつまでおるんか」

足音を殺して廊下を戻る私の背中に、孝一くんの声が届きます。

「ようわからんけど、あの子の母ちゃんがシャンとせんうちは、帰れんやろうね」

「そんな……まさか夏休み中、おるんやないやろな」

それは私も知りたいことでした。

「夏休みなんて関係ないわ。あの子は、ずっと休みやから」

伯母は、いつもとは正反対の冷たい声で言いました。

私は与えられた部屋に戻りました。薄い夏物の布団の上に横たわって、やっぱり自分は医者にかかった方が良かったのだろう……と考えました。

もう二週間になるという孝一くんの言葉に、少し意外な気持ちがしました。私の中では、この祖父の家に来てから、まだ一週間ほどしかたっていないような気がしていたのです。

私をこの町に連れて来たのは、父でした。

あの日、父はあまり口を開こうとはしませんでした。新幹線に乗っている間も、お腹は空いたかとか疲れたろうとか、どうでもいいことは話すのですが、私の心に関わることとは何一つ尋ねようとはしませんでした。ただいくぶん青ざめた細面の顔で、車窓の向こう側に流れていく風景を黙って眺めているばかりです。きっと、こんな用事は早く終わらせてしまいたいと思っていたのでしょう。

私も父と一緒にいるのが苦痛でした。父が疲れ果てていることは顔を見れば明らかで、それだけで私は、自分が責められているような気がしたからです。早くこの時間が過ぎてくれればいいと、父と反対の方を見ながら、ずっと考えていました。

「父さん……今日はすぐに帰るの？」

駅からバスで祖父の家に向かう途中、私は尋ねました。いくら子供の頃に馴染んだ場所とはいえ、一人で置いていかれるのはさすがに不安だったのです。

「帰らないと、まずいだろうなぁ」

どこか台詞《せりふ》を棒読みするような口振りで、父は答えました。その横顔の向こうに、時間の流れに乗り遅れてしまったかのような、古い木造の町並みがゆっくりと流れていました。

白い大きな紙を張り付けた板が、大きな家の庭先に展覧会のように並べられているのが、何度となく見えました。漉《す》きあがった紙を天日に干しているのです。手漉き和紙はM市の特産品でした。

『カズキも心細いと思うが、母さんがあの調子だろう？　一人にしておくのは心配なんだよ』

母のことを出されては、私は黙るほかはありませんでした。

母は私のために心労がたまり、私以上に普通の状態ではありませんでした。何十倍もの難関をくぐり抜けて入学した高校を、一年足らずで私が退学せざるを得なくなったのが、よほど耐え難かったのでしょう。母は泣くか眠るかの、どちらかしかできなくなりました。

夏の間だけでも、私と母は一つ屋根の下にいない方が良い……と考えたのは父です。今の年齢になった私には、そう判断した心情が理解できます。けれどやはり、それは間違った選択だったと思います。父は私を田舎にやるのでなく、ちゃんとした治療の受けられる病院に連れて行くべきだったのです。

「なぁに、すぐに元気になるさ」

父は私の心を読んだように言いました。

「でも、あんな風な母さんと一緒にいるのはカズキも辛いだろう。空気のいいところでノンビリして、これからのことをゆっくり考えたらいい。高校には行きたいと思ってるんだろう？」

正直に答えればノーでしたが、とても口には出せませんでした。もしそんなことが耳に届きでもしたら、それこそ母は自殺しかねないでしょう。

「できたら行きたいよ」

「本気でそう思っているんなら、大丈夫だ。お前の頭だったら、たいていの学校の編入試験に合格できるさ」

そう言って父は、どこか遠慮がちに私の肩を叩きました。

あの日から二週間も過ぎているなんて、とても信じることができませんでした。まるで手品師が私の頭にサテンの布をかけて、1《ワン》、2《ツウ》、3《スリー》！　の掛け声で、記憶を消し去ってしまったように思えます。できることなら、そのまま私自身を消してくれた方が、どんなによかったでしょう。

明くる日、私は五時過ぎに目を覚ましました。

もっとも紙漉きの家では、けして早い時間ではありません。私が洗面を済ませて紙屋に入っていくと、すでに祖父と伯父さんが船の前でコテを揺すっていました。二人は私を見ると、意外そうな顔をしました。

「カズキ、夕べは祭りに行ったってなぁ」

朝の早い祖父は寝るのも早いので、夕食以後、顔を合わせていませんでした。

「ここらは山ばっかりの田舎だけど、なかなか大したもんじゃろ」

「うん、すごく面白かったよ」

そう答える私の頭の中では、美しいシャム双生児の姉妹が優雅に踊っています。夕べ一番面白かったものでした。

「今日は紙漉き、やるんか」

「やりたいんだけど、いいかな」

そう答えると、祖父は嬉しそうにうなずきました。私のような厄介者でも、祖父は他の孫たちと同じように愛してくれます。

「んじゃ、ここでやるか」

祖父は空いていた船に絞っておいた紙の原料を入れ、続いて『ねべし』という糊のようなものを入れました。その後モーターのついた攪拌機《かくはんき》の先端を差し入れ、一気にかき混ぜました。

船は一畳分くらいの大きさの水槽で、深さはだいたい五十センチほどあります。そこにがん皮を煮て作った紙の原料とねべしを入れて混ぜ合わせ、それをコテという平たい網のようなものですくい取ります。この作業が紙漉きです。

漉きあげられた紙は、まだ水の滴《したた》るうちに積み上げられ、それをジャッキで絞って水分を取りのぞきます。これを『紙のたね』と言い、一枚ずつはがして大きな板に張りつけ、天日で干してようやく紙が出来上がるのです。

「もう、ええかな。んじゃ、やってみろ。くたびれたら、いつでも休んでええから」

私は船の前に立つと、白く濁った水の中にコテを沈め、ゆっくりと引き上げました。初めはぎこちない動きでしたが、やっているうちにコツを思い出して、しだいに私は作業に集中しました。

実際に一度でもコテを振ればわかるのですが、船の中から水をすくいあげるのには、意外に力が必要です。一枚のコテに紙を満たすだけで、かなりの重労働なのです。しかもその後に日に干さねばならないので、午前中のうちに少しでも多く漉かなければなりません。自然と作業に没頭せざるを得なくなり、そうするうちに、まるで座禅でも組んでいるような（組んだことはありませんが）気持ちになってきて、頭の中が真っ白になっていきます。

父が紙漉きの実家に私を預けたのは、この作業を通して私が自然治癒することを期待したからでしょう。一種の作業療法のようなつもりだったのかも知れません。

けれど思いがけない重労働に、私はすっかり気がくじけてしまいました。二日ほどやったきり、しばらくは紙屋に近づいてさえいませんでしたが、夕べ漏れ聞こえてきた孝一くんの言葉に打ちのめされてしまった私は、再びやってみることにしたのです。せめて家の仕事の手伝いでもしなければ、正真正銘の厄介者になってしまうと思ったからです。

けれど、それは私にとっても良いことだったようです。

コテを振り続けているうち、頭の中の熱がスッと引いてきたような気分がしました。余計なことは考えなくなり、目の前のコテだけが、自分が対峙しなければならない世界のすべてになりました。コテの上を紙で満たすことが最重要課題で、他のことは二の次です。

そんな時に、脳は意外な活動を示します。発泡スチロールのようになっていた私の脳に、様々な記憶が浮かんでは消え、流れてはまた蘇って来ました。

幼い日のことや父母のことが、散漫に頭の中を駆け巡ります。特にこの前年の春に亡くなった祖母のことが、しきりに思い出されました。というのも、私がその時使っていた船こそ、いつも祖母が作業していた場所だからです。

もちろん離れて暮らしていた私は、祖母の仕事ぶりを何度も見たわけではありません。ただ、幼い日に遊びに来た折、祖母と一緒にこの船で紙を漉いた記憶があります。

小さかった私の手で大きなコテなど持てるはずはありませんので、祖母は私の手の上に自分の手を乗せ、祖父がコテを支えてくれました。みんなで「よいしょ、よいしょ」と声をかけながら、重い水の中からコテを引き上げました。勢いよく引き上げ過ぎて、祖母の顔に白い水がかかってしまいました。陽気な祖母は「うひゃあ」と大げさな声をあげて、私を笑わせてくれました。

(自分はなんて幸せだったのだろう)

幼かった自分の手に添えられていた祖母の優しい手を思い出すと、そう思わずにはいられませんでした。

そう思った瞬間です。脳は本当に意外な働きをしました。頭の中に何の脈絡もなく、あのバカげた代物の姿が思い出されたのです。そう、見世物バスで見た〝河童の氷漬け〟です。

チョコレート色に染まったグロテスクな見世物——当然、作り物に決まっています。硬そうな茶色の髪は、きっとブラシの毛でしょう。河童のシンボルともいえる皿は、白磁で作った壺のフタに違いありません。適当に作った人形か、あるいは猿の死骸の毛を剃ったものに、そんな部品を後付けして作ったのが正体でしょう。じっくり見られればすぐにばれてしまうので、わざわざ氷漬けにして、カーテン越しに見るのと変わらないようにしたのです。

けれど私の頭に、突然ある一つの疑念が閃きました。

(あの河童の手……手はどんなだったろうか)

左腕は上にあげられていて、肘から内側に折れ、二の腕が顔の半分にかかっていました。その先の左手は、他の部分よりむしろ、よく見えました。

水掻きなどは、確かにありませんでした。それははっきりと記憶しています。けれど、その指は――。

小さな指でした。ちゃんと爪も生えています。化け物じみた尖ったものではなく、ごく普通の、豆粒くらいの爪です。手の甲はふっくらとして、拳の先には骨の盛り上がりもありました。

似ています。

あの日、祖母がその優しい手を乗せてくれた、私の手に……幼い子供の手に。

あの太った男の姿が、船の中の白い濁り水の上に浮かび上がったような気がしました。

「明日もいるから……またおいで」

そう言って汚い歯を剝き出した、気味の悪い笑顔。

(思い過ごしだ。思い過ごしに決まってる)

私はそう思おうとしました。けれど考えれば考えるほど、あの冷蔵庫の中の河童の手が、幼い子供のものだったように思えてなりませんでした。絶対に、猿の手ではありません。猿ならばもっと指が長いはずです。

思い過ごしか、そうでないか。

それをはっきりと確かめる方法は一つ――もう一度、あの河童を見にいく以外にはありませんでした。

# 3

祖父の家を出られたのは、もう五時近くででした。

伯母は私が一人で外を歩くのを好みませんでしたから、知られないうちに出なければなりませんでした。けれど誰にも断らずに外出するのはまずいことでしたので、伯母が夕食の支度を始める頃を見計らい、もっとも話のわかる祖父に何気なく言ったのです。

「おじいちゃん、ちょっと散歩してきていいかな」

「あぁ、気をつけてな。あんまり遅くならんようにな」

祖父は一日の仕事を片付け、テレビの前でお茶を啜《すす》っていました。テレビでは、沖縄で開催されていた海洋博会場からの中継を放送していました。

私は伯母や孝一くんたちに姿を見られないように、裏口から外に出ました。五時といっても夏のことですから、まだまだ明るく、陽射しも汗ばんでくるほどに暑いものでした。

祖父の家の近所は平たい土地がほとんどなく、どこもかしこも山に囲まれています。夏祭りをやっている神社も、小さな峠を一つ越したところにあります。体を動かすことがあまり好きではない私ですが、緑に囲まれた道を歩くのは悪くない気分でした。舗装された山道を薄っぺらいサンダルで登っていると、汗がつらつらと頬を流れていき、何だか体にこもった悪い熱も一緒に気化していくように思われました。

二十分ほどかかって神社に着きました。夏祭りは三日間続くらしく、境内には昨日と同じように、たくさんの出店が並んでいました。

私は再び『イモリ小僧』の見世物小屋の前に立ちました。ここからでないと、少女に連れていかれた駐車場の場所が思い出せなかったからです。

見世物小屋も、まだ営業を始めていないようでした。琥珀色のサングラスをかけた男の姿はなく、小柄な老婦人が小屋の前を掃除しています。

老婦人はなぜか、ときどきゼンマイが切れたようにピタリと動きを止め、箒《ほうき》を使っている姿勢のまま動かなくなりました。しばらくすると何事もなかったかのように掃除に戻っていき、その様子はまるで、細切《こまぎ》れに時間が止まっているように見えました。何かの芸の練習なのでしょうか。私は小屋の前に二分ほどもいませんでしたが、その間に彼女は、五回も六回も動きを止めていました。

それから、女の子に腕を引かれて通った道を、私はゆっくり思い出しながら歩きました。社殿の向きや鳥居の位置を手がかりに、同じ道を何度も行ったり来たりして、ようやく昨日来た駐車場を見つけました。

けれどバスの姿は、どこにもありませんでした。明日もいるからと確かに言っていたのに、やはり浮き草稼業の人間らしく、どこかに行ってしまったようです。

むしろこれで良かったのかもしれない、と私は思いました。

あの河童の氷漬けは、やはり良くできた作り物なのです。厚い氷越しに見えた手が子供の手に似ていたというのも、私の思い過ごしでしょう。

それはきっと、確かめない方がいいことなのです。だからこそ、いつまでも恐怖を味わうことができます。思えばたった二百円でこれだけ怖い思いができるなら、安い見世物だったと言えるのではないでしょうか。

私は変なものに化かされたような気分になって、来た道通りに神社に戻りました。そうしないと、家に戻る自信がなかったからです。

「お兄さん」

足を止め、参道で店を広げていた色つきヒヨコ売りを見ていた時でした。私の背中を遠慮なく叩くものがありました。振り向くと昨日のあの女の子が、昨日とまったく同じ服装、まったく同じほほ笑みを浮かべて立っていました。

「昨日はどうだった？　言った通り、すごかったでしょ？」

ずっと昔からの友だちのように、女の子は私に話しかけてきました。その親しみある態度が、何となく嬉しく感じられました。

「なかなか、面白かったよ。さっき昨日の場所に行ってみたんだけど、バスがなかったね。今日はお休みなのかい？」

「さっき行ったって……お兄さん、また見たいの？」

「まぁね」

河童の正体を確かめたいのだと言い出すことは、まさかできませんでした。

「お兄さんも、ああいうのが好きなんだね」

そう言って女の子は笑いました。その大きい目に、私は心をすべて見透かされているような気がしました。

突然女の子は、大きく腕をあげて伸び上がりました。膨らみはじめた胸元を、わざと私に見せつけているようでした。

「すもも飴、食べたいな。お兄さん、買ってよ」

私たちの目の前に、すもも飴を売る夜店がありました。酸っぱいすももを棒に刺し、水飴でくるんだものです。

一本百円の代金を払うと、店のおばさんが電光ルーレットのスイッチを押すようにいいました。スタートボタンを押すと円形に光が走り始め、ストップボタンを押すとゆっくり止まります。女の子がボタンを押すと、三本と書いたマス目に止まりました。

「すっごーい、当たった当たった！」

女の子は私の腕をつかんで、嬉しそうに飛び跳ねました。三本のすもも飴は、一本を私がもらい、二本を女の子が取りました。女の子は両手に飴を持ち、代わり番こに忙しくなめました。

「今日は、お店はやらないのかい？」

狛犬《こまいぬ》の足元にしゃがみ込んで、私は女の子と話しました。すもも飴はやはり、溶いたメリケン粉のような味がしました。

「やってるよ。でも、毎日場所を変えないとまずいんだって」

「なんで？」

「地元の分方《ぶかた》さんたちがうるさいから」

「ぶか……何だって？」

「分方さんよ、分方さん。見世物やる時に、場所とか材木とか貸してくれる人たちよ」

少女は幼い顔をしながら、大人っぽい口調でさらりと言いました。

「ここの神社で何かやる時は、ここを仕切ってる分方さんたちにちゃんと話を通さないといけないの。でも、それだとお金取られちゃうから、お父ちゃんが嫌がっててさ。あがりの四割くらい持ってっちゃうんだって」

女の子は私なんかよりも、ずっと世間のことを知っているようでした。けれどもその飴を両手にして笑っている姿は、誰よりも子供らしい表情です。あるいは自分がどうすれば可愛く見えるか、彼女自身がちゃんと知っていたのかもしれません。

「やっぱりあの人は君のお父さんなの？」

「ノンコよ」

「え？」

「私の名前。本当はノブコだけど、友だちになった人だけノンコって言っていいの。お兄さん、飴も買ってくれたし、ちょっと布施明に似てるから、ノンコって呼んでいいよ。もう友だちだもんね」

「本当かい？　ありがとう」

子供の彼女に合わせたわけではなく、そう言われたのが本当に嬉しかったのでした。正直に言ってしまうと、他人から友だちと言われたのは、とてもとても久し振りだったのです。

人に認めてもらうというのは、なんと素晴らしいことなのでしょう。友だちと言われただけで、胸の中からお湯が噴き出して、体中を暖めてくれるような気がします。私は久しく、そんな感覚とは無縁だったのでした。

「お父ちゃんはねぇ、ああいう仕事が好きなんだよ」

片方のすもも飴を食べ終わって、ノンコは言いました。しょうがないと言いたげなニュアンスが、少し含まれているようでした。

あの泥山のような男が、こんな可愛いノンコの父親だとは信じたくない気がしました。

あのカミソリの刃を引いたような目を思い出すと、背筋が冷たくなる気がします。当時の私の精神はけして健康とは言えなかったかもしれませんが、だからこそ、わかることもありました。きっと私とは違う意味で、あの男も普通ではない精神を持っているのです。人間の世界にはあってはならない暗闇を、彼はどこかに隠し持っている――なぜか、そう思えてなりませんでした。

「本当はね、ちゃんと小屋がけして、みんながアッと驚くようなのをやりたいんだって」

私の疑念も知らず、ノンコは屈託なく言いました。

「でも今は太夫《たゆう》さんがいないから、難しいんだ」

「太夫さんって、芸人さんのことかな」

「当たり！　よくわかったね。今はほら、体の不自由な人を見世物にしたりしたら、うるさいでしょ？　私みたいな子供に芸をさせるのもダメなんだって。私はやってみたいんだけどさ」

そう言いながらノンコは、すももの種を勢いよく吐きだしました。種はきれいな放物線を描いて、近くの下水のフタの隙間にみごとに入りました。私が拍手するとノンコは立ち上がり、ワンピースの裾をちょっと摘んで、可愛らしいお辞儀をしました。

「そう言えばうちの出し物、もういっぺん見たいって言ってたね。案内しようか？」

思い出したようにノンコは言いました。

私は一瞬、迷いました。

あの河童は、もう見ない方がいいような気がしていました。けれどそう言ってしまったら、ノンコは他の客を探しに、雑踏の中に消えていってしまうに違いありません。私はそれが嫌でした。もっともっと、この少女と一緒にいたいと思ったのです。

「じゃあ行こう。飴を買ってくれたから、今日も二百円にしてくれるように頼んであげるよ」

ノンコは昨日と同じように、私の腕に手をかけてきました。すもも飴で少しベタついていましたが、やはり冷たくて心地好い掌です。

あのバスの中に入ったら、冷蔵庫の中は見ないでおこう。美しいシャム双生児の姉妹の写真だけ見てくればいい——私はそう思いました。

まだ完全に暗くなる前の参道を歩きながら、私は自分が東京から来たことや、祖父の家で紙漉きの手伝いをしていることをノンコに話しました。

「へえ、東京。私もお父ちゃんのバスであちこち行ったけど、東京は行ったことないんだ。いっぺん、行ってみたいな」

「ノンコちゃんは、いつもはどこに住んでるの？」

私がそう聞くとノンコはふっと黙り込んで、やがてニッコリ笑いました。

「あのバスがお家だって言ったら、驚くでしょ？」

「だって……学校はどうしてるんだい？」

「行ってないの、学校」

「まさか」

幼い頃から母に学校、学校と言われて育ってきた私には、とても信じられませんでした。何より中学までは義務教育です。

「ずっと昔は行ってたんだ。ランドセルも持ってたし、九九だって習ったよ。給食も食べたし」

「なんで今は行かなくなったの？」

「私はスターになるから、勉強なんてしなくていいんだって」

ノンコは真顔で言いました。

「もっとオッパイが大きくなったらスターにしてくれるって、お父ちゃんが言ってた。だから学校なんか行くだけムダなの」

私は思わず立ち止まりました。ずいぶん無茶な話です。

「スターになるんだって、勉強は必要さ」

「なんで？」

跳ね返ってきた言葉に、私はとっさに答えることができませんでした。確かに、なぜ勉強が必要なのでしょう。

「きっとお兄さんは勉強が大好きなんだね。だったら、うんと勉強すればいいよ。私はスターになるんだから、うんと可愛くなるようにがんばるんだ。オッパイが大きくなる体操って知ってる?」

そう言ってノンコは胸の前で合掌し、肘を突っ張らせたり緩めたりしました。

「毎日こうしてたら、いいオッパイになれるんだって」

あっけらかんとしたノンコに私の方がドギマギして、うまく言葉が出ませんでした。今から思えば、私は終始、ノンコに押し切られていたような気がします。学校と進学塾と自室の机だけの人生経験しか持たない私は、この少女に負けっぱなしなのでした。

「でも、勉強は別にしたくないけど、学校は行ってみたいなぁ。友だちがいっぱいいて、毎日いろんな遊びができるでしょ」

境内の外れにある花壇の柵の上を綱渡りするように歩きながら、ノンコは言いました。

「そうだね、友だちがたくさんできるよ」

私はノンコに手を貸しながら、うなずきました。けれど、私にもいたはずの友だちの顔が、心の中に浮かんではきませんでした。友だち――私には、いたのでしょうか。

それから数分後、あのバスにたどり着きました。今日は駐車場ではなく、神社からずいぶん離れた広い道の端に止まっていました。あたりには小さな林と田圃しかないような場所です。

ノンコに手を引かれてバスに近づくと、そこでは思いがけない出来事が起こっていました。

「あんた、こんな勝手をされたら困るんや」

「どこの庭場にもルールっちゅうもんがあるんやからの」

二人の中年の男があの太った男を取り囲んで、口々に強い口調でまくし立てています。男は例のビールケースに腰を下ろしたまま、身動き一つしませんでした。まるで本当に泥の山になってしまったかのようです。

「お兄さん、ちょっと待って」

ノンコは私の手を引き、近くの茂みの中にそっと身を隠しました。

「きっとこのあたりの分方さんたちだわ。コッソリやってたのが、ばれちゃったのね」

見世物小屋の入り口前から私を連れ去った、ノンコの営業方法を思い出しました。とてもあれを、コッソリとは言えないでしょう。

「大丈夫なのかい?」

「大丈夫じゃないわよ。適当なところで引いてくれればいいけど」

ノンコは心配げな口調で言いました。

「あんたな、あんまりナメとったらアカンぞ」

何を言ってもノンコの父親が反応しないので、男たちは次第に苛立ってきたようです。二人がかりで気が大きくなっているのか、口々に脅し文句を並べています。

そこは人の流れから外れた道だったので、騒ぎを聞きつけて集まってくる人もありません。男たちが実力行使に出ても、誰も気づかないでしょう。私は胸がドキドキしてきました。

「おう、何とか言えや、このデブ」

とうとう一人の男が、ノンコの父親の後ろ頭を叩きました。

分方と言えば聞こえはいいですが、やはり一癖も二癖もある香具師たちと渡り合っているだけはあります。ルールに従わない人間に対しては、多少荒っぽい手段を取っても筋を通そうとする気概があるのでしょう。

「耳が聞こえんのか、あぁ？」

続いて別の男が、長い髪に隠されていた男の耳をつかみ、捻り上げました。

「あぁ、ダメ」

もう見ていられないという様子でノンコは目をつぶり、私の肩に額を押しつけました。そうなると、もう黙って見ているわけにはいきませんでした。ノンコのためにも、止めに入らなくてはならないでしょう。腕に覚えなどまったくない私ですが、大きな声を出せば誰か来てくれるかも知れません。ほとんどない勇気をふり絞って、私は茂みの中から出て行こうとしました。

その数秒後です。

私の足が一歩前に進むのと同時に、ビールケースに座っていた男が突然立ち上がりました。それまで丸まっていた熊が、突然後ろ脚で立ち上がったかのような凄味がありました。

「こわい」

怯えたノンコが私の背中に隠れました。シャツが引っ張られ、いやでも顔は前に向きました。

この祭りの夜から二十五年の歳月が流れましたが、このあと起こった光景は、今でも昨日のことのように脳裏に焼きついています。

「やんのか、てめぇ」

怒鳴りかけた男の頭を、綿入りの手袋を着けているような大きな掌が左右から挟み込みました。男の顔は一瞬、目が吊り上がり唇を突き出した、鳥のような顔になりました。大きな掌は何かのハッチを開けるように、そのまま首を向こうにひねりました。布団の下の鏡を踏み割ったような嫌な音が、十メートル近く離れた私の耳にまで、はっきり届きました。

「徳さん！」

もう一人の男が、ノンコの父親の丸太のような腕に摑みかかりました。しかし大きな掌は、徳さんと呼ばれた男の頭をさらに向こうに捻りました。いったい何の音なのか、息を鋭く吐き出すシュッ、シュッという音が、五、六回聞こえました。

徳さんは悲鳴どころか、呻《うめ》き声一つあげませんでした。大きな掌が頭を離すと、その体はぐにゃりと地面に倒れました。

「なんてことすんだ、おめぇ！」

腕を摑んでいた男は、思わず手を離しました。次の瞬間、丸太のような腕が振りあげられ、男の頭頂に拳が落とされました。

男の目が、ふっとうつろになりました。脳震盪《のうしんとう》でも起こしたのかと思いましたが、実はそうではありませんでした。ボールペンの軸らしきものが、男の頭に深々と突き立っていたのです。

「ぎゃあああっ」

一瞬の間を置いて、男はすさまじい声をあげました。自分の頭の上を手探りしていたかと思うと、突然手足を痙攣させ、道の上に転がりました。やがて静かになったかと思うと、再び弾かれたように転げ回り、また静まりました。その姿は、陸にあげられた海老を思わせました。

その傍らでは、首を捩《ねじ》られた徳さんの体が大の字（いえ、正確にいえば方の字でしょう）を描いて倒れています。筋肉の力が緩んだのか、股間に染みが広がっていました。ノンコが背中に思い切りしがみついていなければ、私も同じように前を濡らしていたことでしょう。

「だから、やめておけばよかったのに」

ささやくように、ノンコが言いました。しきりに心配していたのは父親の身ではなく、こういう事態になってしまうことだったようです。

「ノンコ」

太った男が口を開きました。やはり油の足りないギアを思わせるガラガラ声です。茂みの中から見ている私たちに、男はとうに気づいていたのです。

「なに、お父ちゃん」

ノンコは、震える声で返事をしました。

「急いでこっちに来い……そっちのお兄ちゃんも一緒にだ」

熱い油の中に数滴の水を落としたように、私の頭の中に白い煙が巻き起こりました。自分もきっと、あの男たちと同じような目に遭わされるに違いないと思いました。

「安心しろ……何もしない。頼みたいことがある」

長い髪が顔の前に垂れ下がり、その黒いカーテンの隙間から碁石のような目が光っていました。

震えて思い通りにならない足を懸命に動かして、私は男の前に出ていきました。きっと、ブリキのロボットのような歩き方になっていたことでしょう。

「やっぱり……今日も来たんだな……来ると……思ってた」

男はそう言いながら、汚れた歯をむき出して笑いました。

「ちょっと頼みたいことがある……ノンコ一人じゃできない」

大きな手が私の両肩に置かれました。

その時の私の心は、細い木綿糸一本でかろうじて体とつながっているように思えました。

# 4

それから二時間後には、私は狭く暗い山道を小型のリヤカーを引いて登っていました。

ノンコが後ろから押してくれましたが、かなりの勾配なので少しも楽ではありませんでした。まさしく十六年の人生の中で、初めて経験する苦行でした。

リヤカーの中には、筵《むしろ》でくるんだ長方形のものが入っています。固定していないので道の凹凸に合わせてガタガタと揺れ、のべつまくなしに不平をこぼしているようでした。

「お兄さん、ちょっと待って」

後ろでノンコの苦しそうな声がして、私は足を強く踏ん張って立ち止まりました。

「お願いだから、ちょっと休もう」

「そうだね……じゃあ、木を入れてよ」

ノンコはリヤカーに一緒に入れておいた角材を取り、タイヤの下に嚙ませました。こうしておかなければ、リヤカーは斜面を転げ落ちてしまいます。

私とノンコは、近くの大きな石に並んで腰かけました。頭上から降り注いでくる月の光が、足元に歪《いびつ》な影を作りました。

夜の山道は、まるで異世界につながるトンネルのようです。自分の周りだけがかろうじて見え、来た道も進む先も、闇に溶け込んでしまっています。普通ならこんな場所には一分といられないでしょうが、その時の私には、あまり怖いと感じられませんでした。それはきっと、あの男に命ぜられたことを投げ出す方が、遥かに怖いと知っていたからでしょう。

「食べる?」

ノンコはポケットからグリコのキャラメルの箱を取り出し、一粒私にくれました。私には、やはり味がわかりませんでした。

「水が飲みたいなぁ」

ずっとリヤカーを引き続け、喉がひりつくほど渇いています。

「この水が飲めたらいいのにね」

ノンコはそう言いながら、ワンピースの裾をギュッと絞りました。ぼたぼたと大量の水が流れ落ちてきます。筵から垂れ出した水が、ワンピースをびしょ濡れにしてしまったのです。

冗談じゃない、と私は思いました。この水を飲むくらいなら、泥水をすする方がまだマシです。

「ずいぶん溶けてきたんだね」

「けっこう暑いからね」

ノンコは立ちあがり、リヤカーの荷物にかけてある筵をめくりました。溶けかけた氷が月の光を跳ね返して、ぎらりと輝きました。

私とノンコが運んでいるのは、例の氷漬けの河童でした。この不可解な物体を始末してくるように、私たちは命ぜられたのです。

「手伝ってくれ……ノンコ一人じゃできない」

恐ろしい出来事の直後、私はあの男に呼ばれました。

逃げることもできず、私は男の前に立ちました。体全体が一つの心臓になったかのように、手の指先から足の爪先まで、凄まじいスピードで血が流れているのを感じました。

「人間の世界は、これだからイヤだ……どこに行っても……面倒ばかりが起こる」

そう言いながら男は、地面に転がっている徳さんと呼ばれた男の腹を蹴りあげました。徳さんの胴はあお向けになりましたが、首はうつぶせのままでした。

「もっと面倒になる……お前もノンコも乗れ」

椅子がわりのビールケースをバスの中に投げ込んで、男は言いました。呆然としていた私はすぐには動けませんでしたが、ノンコが背中を押してくれたので、どうにかバスに乗ることができました。

かなりの時間をかけて、男は巨体を運転席の中にねじ込みました。特大手袋のような男の手が握ると、ハンドルもレバーもすべて子供用のように見えます。

「どこに行くのかな」

すぐ隣にいるノンコに尋ねると、ノンコはしっかりと私の手を握りながら、口の前で人差し指を立てました。

「わからないけど……今は何もしゃべらない方がいいよ」

男がエンジンをかけると、まるで獣の咆哮《ほうこう》のような排気音が轟《とどろ》きました。きっとろくに整備をしたこともないのでしょう。バスは興奮した大型生物のように、唸りながら車体を揺らしました。窓の上に飾られたシャム双生児の姉妹が、エレファントマンのジョン・メリックが、バスが走り出すのを喜ぶようにガタガタと踊りました。

突然私の頬に、ひんやりとしたものが押し当てられました。ノンコの指先です。自分でも気づかないうちに私は涙を流していて、ノンコはそれを拭ってくれたのです。

「大丈夫……あの人は、私たちには何もしないから」

そう言って笑うノンコが、天使のように見えました。右の前歯が抜けているのが、玉に瑕ではありましたが。

それから二十分ほど走った頃でしょうか。バスは凹凸の激しい道を跳ね回るように駆け登り、やがて止まりました。

運転席から身をこそぐように抜くと、男は外に出て後ろのドアを開けました。むせるような青臭い香りが流れ込んできましたが、バスの中に満ちていたひりつく臭いよりはずっとマシでした。

「二人とも……外に出ていろ」

言われるままにバスを降りると、そこはどこかの森の中でした。いえ、少し登りましたから、山の中でしょう。月の光を頼りにあたりを見回してみると、高い木々に視界をはばまれ、まるで巨大な虫カゴの中にいるようでした。

「そこの小屋から……リヤカー借りてこい」

懐中電灯を私に手渡しながら、男は独り言のように言いました。言葉の意味がすぐには理解できませんでしたが、懐中電灯で男の指差す方を見て納得しました。目の前にある細い道を少し外れたところに、小さな木の小屋が建っていたのです。山で作業する人たちの物置兼休憩所といったところでしょうか。

小屋の後ろに小さなリヤカーが立てかけてあり、男はそれを持ってこいと言うのです。草を踏み分けて近づいてみると、リヤカーはロープで小屋の柱に縛りつけてありました。

ノンコはすぐにバスから折り畳み式のノコギリを持ってきて、ロープを切りました。

リヤカーの中には汚れた筵が何枚か投げ込んであり、私が出そうとすると、それも持ってこい……と男が遠くから言いました。あんなに離れていても、男は私から目を離していなかったのだと思うと、背筋が寒くなりました。

「しばらく……じっとしてなきゃならなくなった。まったく面倒だ」

リヤカーを引いて戻ってきた私たちに、男が言いました。数十分前に自分がしたことについては、何の感想も持ち合わせていないようです。私には胃が裏返るかと思えるほどのショックでしたが、当の男は、うっとうしい虫をはたき落としたくらいにしか思っていないのかもしれません。

考えてみれば、あの時の男には、激しく怒った様子も逆上した様子もありませんでした。どこか淡々とした態度で、あの二人を傷つけていた（殺した、といった方がよいでしょうか？）ように思えました。そう、きっとこの男にとっては、人を殺すことなど何でもないことなのです。道で唾を吐くくらいの、あるいはちょっと立ち小便をするくらいの、その程度の出来事なのです。

「人間ごときに捕まるわけはないが……追いかけ回されるのはゴメンだ……うっとうしくてたまらん」

そう言いながら男は、バスの中から何か大きなものを外に投げ出しました。白い長方形の石のようなものが、地面に墓のように突き立ちました。

あの河童の死体の入った氷でした。冷蔵庫から取り出して、素手で投げ出したのです。

「こいつはお払い箱だ……持っていると面倒なことになる」

男はリヤカーに氷の塊を積み込み、上から筵をかぶせました。加えて、八リットルくらい入りそうな灯油缶ものせました。

「ノンコ……こいつを始末してこい。この道をまっすぐ行ったところに小さい川がある……そこの河原で焼いてこい……ここから先は、車じゃ入れない」

ノンコは一瞬、驚いたような顔をしました。

「完全に焼けば大丈夫だ……心配するな」

男の声が思いがけず優しげに聞こえました。

ノンコはしばらく黙っていましたが、やがて決心したような表情で顔をあげました。

「お父ちゃんは、どうするの」

「警察が動く前に……この県を出る……明日の夜までに、いつものところまで帰ってこい……」

ズボンのポケットからくしゃくしゃになった紙幣を取り出し、男はノンコに手渡しました。きっと交通費のつもりでしょう。

「このお兄さんにもあげてよ。タダで手伝わせたら悪いよ」

ノンコの言葉に、男は引きずるような声で笑いました。そしてポケットからやはりしゃくしゃの紙幣を取り出し、私にくれました。

「いいアルバイトだな……」

紙幣を受け取る時に触れた男の手は、氷を触ったばかりだからでしょうか、ひどく冷たく湿っていました。

「お前とは……どこかでまた……会うことになりそうだ」

男は、私にとってはあまり有り難くない予言をしました。そしてまた、こうも言ったのです。

「もうちょっとすれば……俺たちの住みやすい時代がくる……それまでの辛抱だ」

いったい何を言っているのか、まったく理解できませんでした。けれどなぜだか、その言葉は私の心の深いところに響いたのです。

男のバスが遠ざかって行くのを見送った後、私たちは山道でリヤカーを押す苦行を始めました。

正直なところ、逃げてしまおうかとも思いました。しかし私は祖父の家の名前も場所も、すでにノンコに話しています。そこから私にたどり着くのは簡単でしょう。身元がばれる可能性がある以上、あの男を敵に回すのは本当に恐ろしいことでした。

私は不平一つこぼさず、小さな懐中電灯の明り一つを頼りに、ひたすらリヤカーを引きました。道は一本でしたので迷う心配がないことだけが、せめてもの慰めと言えたでしょうか。

「ノンコちゃん、ちょっと聞いていいかな」

休憩を終えて立ち上がろうとした時、私はこらえ切れずに尋ねました。今朝からずっと気になっていた、河童の正体についてです。

「君のお父さんは、この河童の死体をどこで手に入れたのかな」

ノンコはまだ、キャラメルを口の中で転がしています。

「昨日見た時から思ってたんだけど、すごく良くできてるよね？　でも、まさか、本当の河童じゃないんでしょ？」

「ううん、河童だよ。正真正銘の本物。昨日、ちゃんとそう言ったじゃないの」

「本当に河童がいるなんて、信じられないなぁ。でも、本物だったら、お父さんが持っていたってまずくはないよね。なんでわざわざ燃やしにいくんだい？」

大人げないとは思いながら、私は子供相手に理詰めで迫りました。案の定、ノンコは次第に困った顔つきになっていきます。

おかしなものだと私は思いました。たとえこの河童がニセモノだとしても、たった今犯した殺人の罪の方がずっと重いのです。本物を見せる良心的な商売をしていたからといって、殺人の罪が軽くなるはずもありません。それなのになぜノンコは、あくまでもこの河童は本物だと言い張ろうとするのでしょうか。

「負けたわ、お兄さんには……しょうがないわね。確かにこれは作り物なの。ほら、テレビでスペクトルマンとか仮面ライダーとか、やってるでしょ。あの怪獣を作る会社に頼んで作ってもらったの。すごくよくできてるんだけど、やっぱり作り物だから、じっと見られちゃうと、やっぱりまずいんだ。だから氷漬けにしてあるの」

さらりとした口調でノンコは言いました。私はなおも彼女が嘘をついていることに気づいていましたが、それ以上は尋ねませんでした。

考えてみれば、どうでもいいことでした。仮にこれが、小さな子供の死体だとしても——。

「ノンコちゃんがそう言うんなら、きっとそうなんだろうね。ごめん、もう聞かないよ。ただ、この河童の手が……小さな子供の手のように見えたものだから」

私はそれだけ言って、リヤカーの前に戻りました。

「行こう。こんな大変なアルバイトは、早いとこ終わらせたいよ」

私がリヤカーを引き始めると、ノンコも後ろを押しました。そして黙ったまま、山道を歩き続けました。ときどき下り坂になって、私は足でブレーキを掛けながら慎重に下りました。

いったいどれだけの時間がかかったでしょうか。やがて左手の木々が疎《まば》らになってゆき、間からきらきら光る帯が見えました。月の光を照り返す小さな川です。あたりの様子は暗くてはっきりしませんが、尖った石があちこちに転がっている渓流らしいということだけはわかりました。あの男が言っていたのは、間違いなくここのことでしょう。

「どうにか着いたね……今、何時頃だろう?」

私はシャツの裾で汗をふきながら、後ろにいるノンコに尋ねました。腕時計を祖父の家に置いてきてしまったので、時間がまるでわかりません。感覚的に言えば、おそらく夜の十二時は過ぎていたと思います。

ノンコはさっきから、一言も口を開いていませんでした。私は疲れてしまったのだろうと思い、話しかけないようにしていたのですが、少しばかり様子が違っているようです。

「どうしたの、ノンコちゃん」

ノンコは顔中をぐしゃぐしゃにして、泣いていました。私は慌てて彼女に駆け寄りました。

「あっ」

間近で見ると、肉付きのいいノンコの腕に、いくつもの歯形らしきものがついていました。リヤカーを押しながら自分の腕を噛んで、泣いているのを悟られないようにしていたに違いありません。

「何でこんなこと、するんだい」

私は少し強い調子で尋ねました。

「お兄さん……あのね」

頬に太い涙の道ができていて、唇の端で鼻水の川と合流しています。おそらく、ずいぶん長い間泣いていたのでしょう。

「きっと、神さまっていないんだね」

「え……？　どうしたの、急に」

「私がすごく困った時、神さまに一生懸命助けてくれるように頼んだのに、ぜんぜん助けにきてくれなかった。だから、神さまなんていないんだよね」

「僕にも……よくわからないよ」

「でもね、きっと悪魔はいるの。だって私を助けてくれたもの」

そう言いながらノンコは、リヤカーに掛けてある筵を勢いよく取り去りました。あんなに厚かった氷は、八月の夜の蒸し暑さに半分以上溶けてしまっていました。

表面が溶けて透明度が増した氷は、さながら透明な繭《まゆ》のように見えました。自分の胸の熱さで残りのすべてを溶かそうとするように、ノンコは氷を抱きしめました。そして泣きながら、こう言ったのです。

「この子は、弟なの。弟の勇治なの」

私はノンコと身を寄せあいながら、河原の大きな岩にもたれて眠りました。数時間後に目を覚ました時、生まれて初めて、山の夜明けを体験しました。

夏だからでしょうか、遠くの森の中に朱色の輝きが見えたかと思うと、思いがけない速さで太陽は昇り、ほんの数分のうちに夜の闇は掃き捨てられていきました。目まぐるしささえ感じる朝の訪れです。

「すっかり溶けたようだね」

朝日の中で、初めてノンコの弟の死体を見ました。冒瀆《ぼうとく》的な扮装は解いておいたので、それはもう河童には見えません。しかし残念なことに、人間の幼児にも見えませんでした。体全体が漆黒といっていいほどに変色し、皮膚は木肌のように細かく波打って、冷蔵庫の中で腐ってしまったキュウリのようです。その体には何の魅力も感じないのか、虫さえも寄ってきませんでした。

いくら聞いても、ノンコは弟の死因を明かしませんでした。ただ彼が四歳になったばかりだったということ、歌を歌うのがとても好きだったこと、ノンコのことを〝ネエタン〟と呼んでいたということだけ教えてくれました。

「もう一つだけ……どうしても知りたいことがあるんだけど、聞いていいかな」

筵の上に寝かせた弟の死体に、まるで清めるようにガソリンをかけているノンコに、私は尋ねました。

「あの男の人なんだけど……本当に君のお父さんなのかい？　もしそうだとしたら、勇治くんのお父さんでもあるわけだろう？　あの人は、自分の子供にそんなひどいことを」

「聞かないで」

子供とも思えないようなはっきりとした口調で、ノンコは言いました。

「どうしても聞きたいんなら、話してあげてもいいわ。でも、その前に私の質問に答えて」

「質問？」

「お兄さん、これからずっと私といてくれる？　いつでもそばにいて、私のことを守ってくれる？　何があっても離れないでくれる？　それができないなら、話すわけにはいかないの」

どこか怯えたように、ノンコは言いました。

私は何も答えられませんでした。

自分の頭の上の蠅も追えないような人間が、他人を守ってあげることなど、できるはずがありません。

「じゃあ、見ててね」

長い沈黙のあとノンコはそう言うと、弟の亡骸にライターの火を近づけました。

ノンコはいったい、何を見ていろと言ったのでしょう。幼い弟の遅い葬儀の様子をでしょうか。あるいは、傍観者に過ぎない私は口出しせずに見ていろ……という意味なのでしょうか。どちらの意味なのか確かめたいと思いましたが、結局、聞くことはできませんでした。

音を立てて、ガソリンに火がつきました。素早く顔を背けて事なきを得ましたが、火柱はしゃがんだノンコの頭上よりも高く上がりました。突然の高熱にさらされ、亡骸の皮膚の表面に無数の気泡が走りました。

「勇治！」

ノンコは叫びました。

その時、私は確かに見ました。

火だるまになった小さな古い死体の首が、まるでイヤイヤするように、ゆっくりと動いていたのです。

これは後付けの理屈に過ぎませんが、きっと頭の中に残っていた氷が激しい炎で溶けて沸騰し、頭を揺り動かしていたのでしょう。

けれどその時の私には——きっとノンコも同じように感じたに違いありませんが——まるで、その小さな亡骸が、再び死ななくてはならないことを拒んでいるように見えたのです。

## 5

ノンコとは、その山の中で別れました。

一人にしておくのが心配で、一緒に山を下りるよう何度も呼びかけましたが、ノンコは拒絶しました。たった十歳の女の子を説得することさえできず、私は仕方なく一人で山を下りました。

祖父の家では、私が戻らないので大騒ぎになっていました。神社で起きた殺人事件(結局二人とも亡くなったそうです)に巻き込まれたのではないかというよりも、どこかで自殺しているのではないかと心配していたようです。

ノンコやあの男のことは一切語らず、山に入って迷ってしまったと私は言い張りました。あっけないほど簡単に、みんなはその言葉を信じてくれました。精神のバランスを欠いた人間なのだから、そんなものなのだろうと考えたのでしょう。あれこれ詮索されずに済んだので、私にとっても好都合でした。

それからまもなくして、さらに都合のいいことが起こりました。この出来事にショックを受けた伯父が、私の面倒はとても見られないと父に申し入れてくれたのです。そのおかげで私は、東京に戻れることになったのです。

結局私の転地療養は、ほんの二十日足らずでした。けれど、その効果は十分にあったようです。

東京に戻ってからは、私はいたって普通に生活することができました。少しずつですが、発泡スチロール製だった脳は本来の機能を取り戻していき、普通以上に太陽を眩しく感じたり、何を食べても溶いたメリケン粉のように感じることはなくなりました。やがて私は公立高校に入学し直し、一年遅れとはいえ普通の高校生としての生活を十分に楽しみました。私の暮らしが安定するにつれて母の状態も良くなっていき、時間はかかりましたが、すべては正しい状態に戻っていきました。

その後、私はそれなりに名の通った大学に進み、卒業後は大手印刷会社に就職しました。高校生の時の足踏みは、すでになかったも同然でした。ごく普通の、といえば漠然とし過ぎているかも知れませんが、私は健全な社会人として、誰にも後ろ指をさされることのない生活を送れるようになったのです。

ただ、結婚はしませんでした。恋人と呼べるような女性も過去に何人かおり、それなりにうまくやっていたのですが、いざ結婚話に進もうという段になると、とたんに心が冷めてしまうのです。もしかするとノンコのことが、知らず知らずのうちに心の枷《かせ》になっていたのかも知れません。理由はともかく、私がノンコを見捨てたことには変わりないのですから。

時折、神さまはいないと言ったノンコの顔を夢に見ました。神さまは助けてくれなかったけれど、悪魔は助けてくれた――目覚めてから、その言葉の意味を考えました。勝手な想像に過ぎませんが、一つの結論を私は出していました。

おそらくノンコが弟を殺したのです。はっきりとした殺意があったのか、あるいは偶発的な事故だったのか、それは彼女だけが知っていることですが、少なくとも弟の死に関与したのは間違いないと思うのです。

もちろん、あの男はノンコや勇治くんの本当の父親ではないでしょう。どういう形で彼がノンコと出会い、なぜ一緒に行動していたかはわかりません。もしかすると、勇治くんの死の場面にたまたま居合わせて、言葉巧みにノンコを連れ去ってしまったのかも知れません。すべては私の想像で、何の証拠もないことですが。

あれは、今から一年ほど前でしょうか。

金曜日の夜、池袋で同僚と酒を酌み交わし、私はタクシーで自宅まで帰ろうとしました。東口でタクシーを拾い、荒川の土手近くの信号で止まった時です。

土手下の人気のない路上に、ひっそりとあれが止まっているのを私は見たのです。もちろん目を疑いました。酔いが回り過ぎたとも思いました。しかし、いくら目をこすってみても、それはそこにありました。

あの見世物バスです。

二十余年前に見たものと、まったく変わりはありませんでした。車体の横には相変わらず『世界初！　河童の氷づけ　正真正銘の本物』と書いた横断幕が張ってあります。開け放った後ろのドアから、こうこうと明りが漏れています。

時刻はもう一時を回っていましたが、ほんの一瞬だけ迷って、私はタクシーを降りました。

バスの周囲は、妙に静かでした。初めてこのバスを見た時に響いていた発電機の唸りも、音割れした『太陽がいっぱい』のメロディーも聞こえてはいません。いったいどうやって電気をつけているのでしょうか。

バスの後ろに回り込むと、やはりひっくり返したビールケースにあの男が座っていました。ただ私の方も成長したせいか、とてつもなく大きいとは感じませんでした。太っていることは太っていますが、背の高さは思ったほどでもないようです。

男は目をつぶり、ヘッドホンステレオに聞き入っていました。時間の流れを感じさせるのは、七割近くが白くなった男の髪と、その小さな機械の出現だけでした。

入り口の近くにクッキーの四角い缶が置いてあり、大人五百円・子供三百円と、段ボールの切れ端にマジックで書いた料金表が立ててあります。私は五百円硬貨を投げ入れ、思わせぶりに垂らされたカーテンをくぐって、中に入りました。

まるであの日の神社から、タイムトンネルを通ってやってきたかのように、何一つ変わっていませんでした。つんと鼻を刺激する香り、窓をつぶしてかけられた見世物小屋の芸人たちのパネル――美しきシャム双生児のデイジーとヴァイオレット、エレファントマンのジョン・メリック――も、昔のままです。やはり運転席の後ろには大きな水槽のような冷蔵庫があり、フタが開け放たれていました。

（そんなバカな）

氷漬けの河童は――ノンコの哀れな弟の勇治くんは、あの日、私の目の前で燃えたはずです。イヤイヤと首を振り、もうもうと立ちのぼる黒煙の中で、小さく小さくなっていったはずです。

私は恐る恐る、冷蔵庫の中を覗き込みました。

やはり墓石のような氷の中に、河童はいました。きちんと気をつけの姿勢をとり、腰蓑をつけ、頭にはちょこんと白いお皿がのっています。やはり嘴がありませんでしたが、頬が著しくこけていて、嘴のように見えないこともありません。

昔のものとはっきりと違う部分が、二箇所ありました。胸がわずかに膨らんでいることと、わずかに開いた口元からのぞく前歯の右側が、ぽっかりと抜け落ちていることです。

本当は、私はとうに気づいていたのです。冷蔵庫のフタにつけられた『河童の氷漬け』という看板に、あとから〝メス〟と書き加えてあるのを見た時から。

「だから……いつか会えると言っただろう」

いつのまにか、バスの入り口にあの男が立っていました。細い目がほとんど糸のようになり、口元は不気味に吊り上げられています。ぎこちない笑みを浮かべているのです。

「お前は……俺と同類なんだ……一目でわかった」

男はゆっくりと私に近づいてきます。バスの床が、嫌な音を立てて軋《きし》みました。

「ノンコちゃんは……ノンコちゃんはどうしてますか」

氷漬けになったメスの河童を見ながら、私は尋ねました。男は何かを啜るような音をたてて笑いました。口元から覗く歯は、ほんの数本に減ってしまっています。

「あの子は、嫁に行ったよ……今は幸せにやってる……お前に会いたがっていたぞ」

男は私の横に並び、一緒に河童を見つめました。

あの夏の祭りの夜の出来事が、まざまざと頭の中に蘇ってきます。不思議と恐怖心はありませんでした。むしろ、懐かしさに似た気持ちさえ湧いてきました。

私は河童を包んでいる氷の表面を、掌で撫でました。冷たく湿った手触りは、ノンコの手の冷たさを思わせました。

あの日、私の腕を摑んだノンコの手。

知らぬ間に流れた涙を、そっと拭ってくれたノンコの指……。

「この河童、僕に譲ってくれませんか」

気がつくと、私は自分でも思いがけないことを口走っていました。なぜ自分がそんなことを言い出したのか、信じられませんでした。けれどなぜだか、理解はできたのです。

「あぁ、いいとも……これはお前のものだ……」

男はどこか嬉しそうに言うと、大きな掌で私の肩を叩きました。気がつけば私も、ぎこちない笑みを男に返していました。

「こいつを喜ばせてやれるのは……この世でお前だけなんだ」

男の言葉が、私の耳にとても優しく響きました。

それからのことです——私の頭の中に、絶えず霧のようなものがかかるようになったのは。

太陽が眩しくなり、口の中に入れるものはメリケン粉の味になりました。まるで手品師が私の頭にサテンの布をかけ、1《ワン》、2《ツウ》、3《スリー》！　のかけ声とともに、空しく過ぎた二十五年を一瞬のうちに消し去ってしまったかのようです。

けれど、私は幸福です。

私は印刷会社を退職し、小さな倉庫会社に再就職しました。そこで自ら希望して、鮮魚や冷凍食品を一人で管理する仕事に就いたのです。

それは家ほどもある巨大な冷凍庫の中できつい作業をする仕事で、進んで願い出る者など、ほとんどいない業務でした。

冷気と霜に守られたその空間の片隅で、彼女と私は静かな時間を共に過ごしています。もう私は、傍観者ではありません。ずっとずっと、彼女と一緒にいてあげることができるのです。邪魔をするものなど、何もありません。

もっと彼女を喜ばせてあげたくて、私はあることを思いつきました。学校に行けなかった彼女のために、友だちを作ってあげようと思うのです。何人くらい、いればいいでしょうか？

そんなことを考えながら、氷の世界で私は今日も生きています。

私は今、本当に幸福です。

# 昨日公園

# 1

小気味良い手応えとともにバドミントンのシャトルが、九月の澄んだ空めがけて飛びあがった。向こうでは小学三年の翔一が、獲物を狙う猫のような目で小さな目標を見つめている。

「よーし、必殺アタックだ！」

錐揉《きりも》みしながら落ちてくるシャトルの軌跡を予測して、翔一はラケットを振り上げる。けれど、まだまだ子猫——威勢のいい掛け声も虚しく、シャトルは足元に落ちて跳ねあがる。

「おいおい、よく羽根を見ろって言ってるだろ。いくら力いっぱい振ったって、当たらなくっちゃしょうがない」

膨れ面でシャトルを拾う翔一に、遠藤は笑いながら言った。

「よく見てるよ」

「途中まではな。でも、肝心なところで目を離してる。思いっきり打つことで頭がいっぱいになってるんだろ」

「そんなことないって」

抗議するように、翔一は力を込めたサーブをする。ラケットの角度がよくないのか、今度は大きく右に曲がった。遠藤はすばやく追って、難なく打ち返す。

「ほら、今度はよく見ろよ」

打ち返しやすいように軽く打ったのが気に入らないのか、翔一はまた渾身《こんしん》の力を込めて、シャトルをひっぱたいた。

「あ、パパ、ごめん」

シャトルは遠藤の頭のはるか上を飛び、背後の桜の木に飛び込んだ。緑の暗がりの中をわずかに転がり落ちたかと思うと、そこが定位置だったかのように、太い枝の根元に収まってしまう。

「あーあ、ひっかかっちゃったよ」

膝の高さほどの柵をまたいで、遠藤は桜の木に近づいた。

「とれる?」

「どうかな」

ラケットの先を伸ばして葉をないだり、手が届く枝をつかんで揺さぶってみたりしたが、シャトルはまったく動かない。

「登るっていうのもなぁ」

素足になれば登れないこともない。けれど木登りなんて、小学校の頃にしたきりだ。年甲斐もない冒険をして、ケガをするのもバカらしい。

「しょうがないな。今日はここまでにしとこうか」

けっこう汗もかいたし、ここらでやめるのが潮時《しおどき》だろう。

「まだ勝負はついてないよ」

まともにリレーが続いたことさえほとんどなかったのに、子猫が強気なことを言う。

「羽根がなきゃしょうがないだろ。あれは取れないよ」

「そうかなぁ」

翔一は落ちている小石を拾って、シャトルを打ち落とそうといくつか投げた。その中の一つが幹に当たり、跳ね返って自分に当たりそうになる。

「危ないからやめとけ……じゃあ、ジュースでも飲むか」

「どうせなら、そのお金で羽根を買おうよ。学校の近くのおもちゃ屋で売ってるから」

翔一はまだまだバドミントンがやりたいらしい。遠藤は観念して小銭入れから百円玉をいくつか取り出し、差し出された小さな掌の上に置いた。

まぁ、仕方ない。明日にはまた、単身赴任先に戻らなくてはならないのだ。今日はとことん付き合ってやるか。

「五分で帰ってくるから、待っててよ」

「危ないから、急がなくていいぞ。のんびり行ってこい」

ＯＫ！　と叫んで、翔一は公園の入り口に向かって走り出した。けれど何を思ったのか、急に大きな弧を描いて戻ってくる。

「あのさ、パパ……いいこと教えてあげようか」

にやにや笑う口元から、ハムスターのような大きな前歯がのぞいている。自分の少年時代にそっくりだ、と遠藤は思った。

「この公園って、出るんだよ」

「何が」

「出るって言ったらユーレイに決まってるじゃんか」

翔一はそう言いながら、手を広げて怪物の真似らしいポーズを取った。今どきの子供には、両手を前にだらりとさげた幽霊のイメージはないらしい。

「おいおい、パパも子供の頃からこの公園で遊んでるけど、そんな話、聞いたことないぞ」

小学校の二年生の時に公園近くの団地に越してきて以来、遠藤はずっとこの町で暮していた。のちに父が近くに家を買い、そこを相続したので、ここが遠藤の故郷だといってもいい。もっともこの一年は地方に単身赴任していて、たまにしか帰って来れないのだが。

「ホントだよ。前までよくこの公園で、犬を散歩させてたおばあちゃんがいてさ。その人、死んじゃったんだけど、この間、ここで見たっていう人がいるんだ」

「そうか……でも、パパはその人の顔知らないから、出てきたってわかんないな。いい天気ですね、なんて言っちゃうかも」

遠藤は笑いながら、息子の頭に手を置いた。

「じゃあ、そのおばあちゃんが血みどろだったらどうする?」

「いいから早く行ってこいって」

頭を軽く小突くと、翔一は大げさに痛がる真似をしながら、公園を出て行った。

(やれやれ、やっとうるさいのが行ったか)

待ち兼ねた気分でズボンのポケットから煙草の箱を取り出し、ベンチに腰を下ろして一本つけた。

『タバコ一本吸うと、寿命が十分縮むって知ってた?』

翔一の前で吸うと必ずそう言われるし、妻もいい顔をしないので、家では吸わないようにしている。愛煙家には住みにくい世の中だ。

深々と吸い込んだ煙を勢いよく吐き出しながら、遠藤は公園の中を見まわした。

秋の午後の陽射しが、さして広くもない公園の中を照らし出している。昨日は一日中どんよりと曇っていただけに、今日の陽射しはいっそう眩《まぶ》しい。空気の中に、いつもより多くの光の粒子が含まれているようにさえ感じられる。

改めて見てみれば、この公園もずいぶん変わったものだ。

シンボルだった大きな巻き貝のような滑り台はなくなっているし、砂場の形も四角から、かわいいヒョウタン型になっている。木製だったブランコは硬質プラスチックになり、ペンギンの形をしていた水飲み場は四角くなって、まるで芸のない墓石だ。

何より昔はもっと木が茂っていた。公園全体を取り囲むようにいろいろな木が植えられていて、中に足を踏み入れた瞬間、まわりの世界から切り離されるような密閉感があった。子供の頃はその感覚が嫌いではなかったが、いつのまにかずいぶん見通しがよくなっている。親の目で見れば、確かにこっちの方がいい。

それにしても、せっかく明るくきれいになったというのに、なぜこんなに人がいないのだろう。幽霊の噂に怖じ気づいているわけでもあるまい。思っている以上に少子化とやらが進んでいるのか。それとも、今の子供たちは家の中ばかりで遊んで、たとえ日曜でも外に出たりしないのだろうか。

(幽霊……か)

短くなった煙草を携帯用灰皿の中で揉み消しながら、遠藤は遠い日にこの公園で体験した出来事を思い返した。

ここで目撃されたという老婆の姿――それはおそらく、幽霊ではない。自分にだけはそう言い切れる。きっとあの不可思議な現象が、今もここで起こっているに違いない。

ふと掌に、三十数年前のキャッチボールの感覚が戻ってきた。少し空気の抜けたゴムボールが手の中に飛び込んでくる重み、投げ返す時の粘り気が、くっきりと思い出される。

向こうには悪友のマチこと町田隆男が、いつものように口をぽかんと開けて身構えている。

遠い昔、見殺しにした友だち。

あの日、秋の空に鮮やかな夕焼けが燃えあがっていた。遠くに見える清掃工場の建物と煙突が逆光で黒い影になり、まるで空に向けられた巨大なピストルのようだった。

「ビバさぁ、パンダの鳴き声ってどんなだか知ってる？」

自分たち以外の子供はみんな帰ってしまったこの公園で、キャッチボールをしながらマチは言った。

前歯が出ていた遠藤のあだ名は、小さい頃からたいてい『ビーバー』だった。それを『ビバ』と短くしてしまったのは、このマチだ。ドリフターズの歌の合いの手にひっかけたのだが、遠藤自身もなかなか気に入っていた。

「知らねぇ……でも、あいつは熊の仲間だから、熊と同じように鳴くんだろ」

「違うんだなぁ、それが。俺は聞いたぜ。パンダの鳴き声が聞けるってトコに電話してさぁ。可愛い声でアウアウ鳴くんだ」

「それじゃオットセイだろ」

「いや、ホントだって。アウアウ鳴いてた」

マチは自信たっぷりに言って、勢いよく鼻をすり上げた。

たぶん鼻炎にかかっていたに違いないマチは、ほとんど一年中、鼻をぐずつかせている。そのために口で呼吸する癖がついていて、いつもぽかんと口を開けているのだ。

「じゃあ、パンダが来たら聞きに行ってみようぜ。もし違う鳴き声だったら百万円な」

もうすぐ中国から二頭のパンダが贈られてくることになっていて、日本中がその白黒の生き物に夢中になっていた。遠藤の家でも一年生の弟がパンダ、パンダと盛り上がっていたが、遠藤自身はあまり好きになれなかった。雑誌に載っていた顔のアップ写真で、その目が意外に獰猛《どうもう》そうなのを見てしまったからだ。

可愛い姿はしていても、あいつはやっぱり猛獣の仲間だ。笹しか食べないというのはきっとデタラメで、人が見ていないところで肉食しているに違いない……と遠藤は信じていた。

「そういえば中島も、家族で行くとか言ってたな」

隣の席の中島典子の名前を出したとたん、マチはとんでもない大暴投をした。落書きだらけでまだらになったゴムボールは、コンクリートでできたラクダの頭にぶち当たって、公園の入り口めがけて跳ねていく。

「てめぇ、くそマチ！　どこ投げてんだよ」

「悪《わり》ぃ、すっぽ抜けちまった」

遠藤はぼやきながらボールを追いかけた。まだ勢いの残るボールは、逃げるように公園の外に飛び出していく。

「しょうがねぇなぁ」

ボールは公園のすぐ前の道を渡って、トゲトゲ屋敷のブロック塀に当たって止まった。

トゲトゲ屋敷は実際はただの家なのだが、侵入者や猫よけなのだろう、塀の上に砕いたガラスのかけらが植えつけてあり、子供の目には極めて不気味な建物にうつった。見ているだけで、どこかが痛くなる気がする。

　ボールを拾いあげて公園に戻ると、マチはこちらに背を向けて水飲み場でかがみ込んでいた。噴き上がる水の先端をじゅるじゅると啜《すす》る音が聞こえる。遠藤は突き出された半ズボンの尻にむかって、思い切りボールを投げつけた。ボムッ！　といい音がする。

「痛ぇな」

　マチは笑いながら、振り向いた。

「なんで中島の話したら、暴投すんだよ？　怪しいな」

　マチを押し退《の》けて、遠藤も水を啜る。

「バカ、偶然だよ、偶然。変なこと言うなよな」

　ほのかに顔を赤らめて、マチは慌てて否定した。小四男子にとって、その手の噂を流されるのは死活問題だ。

「そう言えばマチ、麻丘めぐみは可愛いって前に言ってたよなぁ。中島、ちょっと似てるんじゃねぇの？」

　冷やかすつもりの一言に、マチが食いつく。

「ビバこそ、ずいぶん褒めるなぁ。怪しい怪しい」

「別に褒めてねぇよ。なんでそうなるんだ？」

「今のは、中島は可愛いって言ったのも同じだろ」

「ほんとに頭悪いな、マチは。だから九九も言えねぇんだよ」

　マチは四年になっても、九九がまだ完全に言えなかった。七の段と八の段の後半が、かなり怪しいのだ。

「九九は全然関係ねぇって」

二人はしばらく、不毛な言い争いをした。

実のところ、遠藤自身も隣の席の中島典子にはかなりの思い入れがあった。けれど、そんなことは一ミリたりとも悟られるわけにはいかない。遠藤は半ばむきになって、中島典子の悪口を言った。ブスとかデコスケとか、そんな言葉を使うたびに胸の奥がチクチクする。

「いけね、そろそろ五時じゃねぇの?」

気がつけば西の空の夕焼けは小さくなり、あたりはかなり暗くなっていた。時計を持っていなくても、身に染みついた感覚で子供には五時がわかる。マチは慌てて、公園の隅に転がしておいた自転車を引き起こした。

「ほら、ボール」

持っていたボールを投げようとすると、マチは手を振って言った。

「今日はビバが持って帰れよ」

ボールは前に二人で小遣いを出し合って、駄菓子屋で買ったものだ。いつもマチの自転車の前輪の中に押し込んであって、必要な時にはすぐに取り出せるようになっていた。けれどその日はなぜか、マチはボールを遠藤に預けた。

「明日、絶対持ってこいよ」

それはつまり、明日の日曜も絶対に遊ぼうという意味だ。

「じゃあな」

そう言って公園を出ていくマチを、遠藤はろくに見送りもしなかった。くるりと背を向けて、ボールを投げあげてキャッチするのを繰り返しながら、自分の住む団地に向かって歩き出した。

その知らせを聞いたのは夕食後、遠藤がまばたきもせずテレビ画面を睨みつけている時だった。

番組は当時大ブームを巻き起こしていた『仮面ライダー』。

土曜の夜にこれを見なければ、月曜の友だちの輪には入れない。しかも今までの敵である悪の組織が壊滅し、新たな敵が出現するという大きな変換点を迎えているところで、何があっても見逃すわけにはいかなかった。

だが、その日の遠藤はやや集中力を欠いていた。夕食のおかずのメンチかつを欲張って二つ食べたために、油が回って頭がずんと重くなったばかりか、軽い胸焼けまで起こしていたのだ。

ブラウン管の中でヒーローが死闘を繰り広げている真っ最中に、部屋の隅で電話が鳴った。

「あんた、ちょっと出てよ」

台所で皿を洗っていた母が叫び、ショートピースをふかしながら夕刊を読んでいた父が、面倒臭そうに立ちあがる。

「警察？」

父が電話を取ってすぐに、そう言い返すのが聞こえた。遠藤は一瞬だけ父の方を見たが、すぐに画面に目を戻した。盗まれた自転車が見つかったのかもしれないと、ちらりと思った。

「陽介……お前、今日、町田隆男って子と遊んだか?」

受話器の口を押さえて、父が尋ねる。なんでいきなりマチの名前が出てくるのだろう。遠藤は胸がざわつくのを感じながら答えた。

「遊んだよ」

「何時頃まで?」

「五時まで」

父は神妙な声で遠藤の言葉を電話に向かって繰り返し、やがて受話器を置いた。

嫌な予感がした。

「どうしたの?」

「詳しいことはよくわからんが……夕方、タクシーに撥《は》ねられて亡くなったらしい」

「うそ!」

こんな大事なことで、父が嘘をつくはずがない。けれど、とっさに口をついたのはやはりその一言だった。

「五時半近くに、家のすぐ近くだったって」

「ほんとなの?」

驚いた顔の母が、泡だらけの手をエプロンで拭いながら部屋に入ってくる。

「あぁ。だから、足取りを確認したかったらしいんだ」

どんな反応をしていいか、十歳の遠藤にはわからなかった。とてもすぐには信じられない。

あのマチが？　ほんの三時間前まで一緒に遊んでいたマチが？

まさか。何かの間違いに決まってる。

「俺、マチんとこ行ってくる」

慌てて玄関の方に行こうとして、父に頭を叩かれた。

「夜中に外に出て、お前まで事故に遭ったらどうするんだ！」

「だって……絶対嘘だよ、マチが死んだなんて」

交通事故のニュースは毎日のようにテレビや新聞で報じられているけれど、遠藤にとっては遠い世界の出来事だった。少なくとも自分の身近で、ましてや、あのマチにそんな不幸が降りかかるなんて。

「そんなに言うなら、俺も一緒に行ってやる」

どうしても確かめに行きたいと言い張る遠藤に折れて、とうとう父は言った。一度言い出したらきかない息子の性分を、よくわかっていたのだろう。

強い風の中、遠藤は父の運転する自転車の荷台に乗って、マチの家を目指した。けれど、結局家にまでは行かなかった。警察からの電話で父は知っていたのか、あるいはただの偶然なのか、二人の乗った自転車はマチの事故現場を通ったのだ。

そこは大きな道路がナの字形に交わる十字路だった。車の通行量が多く、ふだんから注意するように学校で言われていた道だ。

その横断歩道のガードレールに、真新しい花が飾られていた。いっしょにスプライトとバヤリース・オレンジの缶が二つ、そして森永キャラメルと天津甘栗の袋が添えられている。

「父さん」

自転車の荷台に座ったまま、遠藤は父のジャンパーの背中をつかんだ。

おそらく現場検証の後には、事故の形跡を洗い流すはずだ。けれど水を少々かけたぐらいでは、血は消えてくれないのだろう。横断歩道から少し外れたアスファルトの上に、珊瑚《さんご》をかたどったような血の模様が染みついていた。

(マチ……!)

遠藤はふとマチの気配を感じた。その血の近くに、マチがいるような気がしたのだ。

やっぱりマチは死んだのだと、遠藤は実感した。

「もういいよ。帰ろう……父さん、帰ろうよ」

一秒でも早くその場を離れたくて、目の前の背中を叩いた。父は無言で自転車をUターンさせ、来た道を戻った。

父の大きな背中に顔をうずめて、遠藤は泣いた。強い秋風に冷える暇もないほど、次から次へと涙が流れた。

父は遠回りをして、遠藤が泣きやむまで家には戻らなかった。

## 2

明くる日の午後、遠藤は隣町の図書館の児童コーナーで、ぼんやりと本を眺めていた。シャーロック・ホームズの子供向け短編集だ。

活字を追う目の焦点が、時折ぼうっと緩んだ。夕べはあんなに目が冴えていたのに、今頃になって眠気が襲ってくる。

マチの死を確かめて家に戻った直後は、大泣きしたせいだろう、眠くて眠くてたまらなかった。けれど母が敷いてくれたふとんに身を横たえた時、その冷たさが眠気を覚ました。

(かわいそうなマチ……)

明りを消した子供部屋の天井を見つめていると、いろいろなことが頭に押しよせてくる。

(タクシーに撥ねられた時、痛かっただろう?)

(救急車で運ばれている時、どんなことを考えた?)

(死んでしまう時、本当に今までの思い出が見えたか?)

(その中に、俺はいたかい?)

(今、お前はどこにいるんだよ)

そんなことを考えているうちに、体がどうにも熱くなってきて、目が冴えるばかりだった。父たちが様子を見にきた時、とっさに寝たふりをしたけれど、それから後も眠りは訪れてはくれなかった。

眠ろうとすればするほど、マチの姿が頭に浮かんでくる。あの交差点のガードレールに腰かけ、一人ぼっちでバヤリースを飲んでいる姿だ。そのマチの寂しさを思うと、また涙がこぼれた。

ようやく眠ったかと思えば、すぐに朝だった。

マチが夢に出てきてくれるのを期待していたのに、何の夢も見なかった。きっと両親ときょうだいたち、大好きだという田舎のおばあちゃんの夢を渡り歩くのに忙しくて、自分の方までは来られなかったのだろう。

「昨日の夜ね、あんたが寝てからクラスの連絡網が回ってきたの。隆男君のお通夜、今日の六時から団地の集会所でやるんですって」

遅い朝食を食べている時、小さな子供にお説教しているような口調で母は言った。遠藤はそれを、意味のわからない政治のニュースを聞くような気持ちで聞いた。

昼近くになって家を出た。

本当はずっと家にいたかったのだが、クラスの友だちからひっきりなしに電話がかかってきて、落ち着いていられなかったからだ。

誰もがマチの突然の不幸が信じられなくて、親友だった遠藤のところに確かめの電話をかけてくる。その相手をするのが辛くて、逃げ出した。知っている人間と会わずにすむよう、わざわざバスに乗って隣町の図書館に身を隠した。

ふと気がつくと、離れたテーブルにいる同い年くらいの女の子たちが、こっちを見て笑っている。少しの間、眠ってしまったらしい。遠藤は大人びた咳払いをすると椅子に座り直し、再び活字を目で追い始めた。

(こんなのってアリか?)

眠気と戦いながらある作品を読み終えた時、遠藤は思わず叫びたくなった。

夏休みに『まだらの紐』を読んでから、今まで二十以上のホームズ物を読んだ。どの作品の中でもホームズはかっこよく、推理は冴え渡り、読み終えるたびに遠藤は彼に憧れた。けれど今日に限って、なぜかっこよくないホームズに出会わなければならないのだろう。

タイトルは『オレンジの種五つ』。名探偵は大した活躍もしないばかりか、依頼人が殺されるのも防げず、犯人も捕らえられなかった。

がっかりだ。落ち込んだ心が、ますます深いところに転がっていく。ここには、今のお前を助けてくれるものなんかないぞ……と言われたような気になる。遠藤は本を棚に戻すと、うんざりしながら図書館を出た。

これからどうしよう——何も考えはない。母親には、何があっても五時までには帰るように言われている。五時半に学校の校門前に集合して、クラス全員でマチのお通夜に行くからだ。

とりあえず、家に向かって歩き始める。図書館から家まで、歩けば一時間以上はかかるだろう。けれど、そんな風に時間を潰すしかなかった。冗談ではなく本当に、この世のどこにも身の置き場がない気分だった。
遠藤は死んだ友だちのことを考えながら、とぼとぼと長い道のりを歩いた。

夕方近くになって、雨が降ってきた。小さな水の粒が、秋の冷えた空気の中を無数に漂っているような雨だ。

遠藤はマチと遊んだ公園の前に来ていた。すぐには中に入れなかった。ただ入り口から少し離れたところに立ち、濡れてビニールのような光沢を放つ植え込みの葉の間から、公園の中を眺めていた。

木でできたブランコやシーソーは雨にしっとりと濡れ、まるで何十年も時間が経ったかのような古ぼけた色に見える。コンクリートの動物たちは、逆に生き生きとしているようだ。

（二十四時間前は、まだマチは生きていたのに）

昨日の今頃、二人で遊んでいた時のことを思い出す。

ふと、自分が身を置きたかったのは家や図書館ではなく、まさしくここだったということに遠藤は気づいた。夕べからずっと、ここに来たかったのだ。この公園で、マチのことをゆっくり考えたかった。けれど、そうすると際限なく泣いてしまいそうで、わざと近寄らずにいたのだ。

今なら大丈夫だ。どんなに泣いていたって、物珍しそうに眺める子供もいないし、どうしたの？　と優しく声をかけてきそうなおばさんもいない。遠藤はあたりを一度見回してから、公園の入り口に向かおうとした。

足を一歩踏み出すのと、ほとんど同時だった。互い違いに打ち込まれた黄色い鉄柱の間から、何か灰色の小さなものが飛び出してくるのが見えた。

遠藤は驚いて立ち止まった。その跳ね方や転がり具合は、小学生の男の子の目には十二分に染みついている。少し空気の抜けたゴムボールだ。

自分のすぐ横を通り過ぎたボールは、トゲトゲ屋敷の塀に当たって跳ねあがり、二、三度躍ってやがて止まった。

（誰かいるんだな）

この程度の雨なら、まったく気にとめずに遊ぶ子供はたくさんいる。もしマチと一緒だったら、自分だって平気で遊んでいただろう。

すぐにでも、ボールの持ち主が飛び出してくるはずだった。だが、公園の中に人のいる気配はない。声も聞こえない。遠藤は道路を横切って、塀の下に転がっているボールを拾い上げた。

「嘘だろ」

思わず声が出る。

それは自分のボールだった。正確に言えばマチが二十円、自分が三十円出して、学校近くの駄菓子屋、通称〝ババァの店〟で買った、二人の共有財産だ。表面に油性マジックでびっしりと落書きしてあるのだから、間違えようもない。昨日自分が家に持ち帰って、机の引き出しにしまったはずのものが、どうしてここに？

遠藤はしばらく公園の中を見つめた。やはり人影はない。少しの間躊躇《ちゅうちょ》して、やがて思い切って足を踏み入れた。

突然、空気が変わった。

じっとりとした湿気の膜を突き抜けたような感覚のあと、涼しく乾いた風が身を包む。眩しい朱色の光。曇り空の下をさまよっていた目には、眩《くら》むほどに明るい。これは——夕焼けだ。

慌てて公園の中を見回した。空気と同じように、何もかもが乾いている。ブランコも植え込みの葉も地面も、細かい雨が降りかかっていた形跡がまったくない。燃えあがるような夕焼けに照らされて、何もかもが赤い。

遠藤をもっと驚かせる光景が、目の前にあった。

人気のなかったはずの公園の真ん中で、一人の少年がこちらに背を向けて、ペンギンの水飲みにかぶりついている。その後ろ姿は、忘れようはずがない。

「マチ！」

思わず叫ぶと、少年は口元を手で拭いながら振り向いた。

「悪《わり》ぃ、手が滑ってすっぽ抜けちまった」

マチは鼻水をズルズルと啜り上げて言った。

これは夢なのか？　自分はまだふとんの中にいて、死んだ友だちの夢を見ているのか？

「なにぼーっとしてんだよ？」

こちらに近づいてくる足音、気配、息遣い、声、鼻を啜る音。どれもが生々しい現実だった。

「変なとこに投げたから怒ってんのか？　わざとじゃねぇよ。ビバが急に変なこと言うからだろ」

まだ信じられない。本当にマチなのだろうか？　鼓動が聞こえそうなほど、胸が高鳴っている。

「マチ……お前、なんでここにいるんだよ？」

ようやく絞りだした言葉に、マチは怪訝《けげん》そうな顔をする。

「ボール取りにいって、頭でも打ったのかよ？」

笑いながらマチは遠藤の肩を叩いた。その感覚は、間違いなく現実のものだ。

その時初めて、自分の服まで変わっているのに気づいた。さっきまで着ていた黄色いポロシャツとデニムのジャンパーではなく、赤地に白いアルファベットが並んでるトレーナーに変わっている。昨日着ていた服だ。

「マチ……今日、何日だ？」

「今日？　確か七日だろ」

「十月七日？」

「そうだよ！　一九七二年十月七日！」

その日は確か終わったはずだ。このマチが死んで。

「なに、ぼーっとしてんだよ。変だぞ、ビバ」

マチは眉をよせて、心配そうな声で言った。

どんな表情をしても、しまらない顔。くっきりと濃い眉に小さな目、下脹《しもぶく》れの頬に大きな口。『天才バカボン』がほんとにいたら、こんな顔だろう。おまけにいつも鼻水を垂らしてる間抜けづら。その顔に再び会えたことが、こんなに嬉しいなんて。

「なんでもねぇよ」

そう言いながら、マチの額にデコぴんした。マチは大げさにのけぞって悶絶《もんぜつ》する。あれこれ考えてもしょうがない——滲んだ涙を指先でぬぐい、遠藤は考えた。

「なんで中島の話したら、暴投すんだよ」

昨日と、いや、前の十月七日と同じように、遠藤はマチをからかった。

マチの赤らんだ顔を見ながら遠藤は、お正月にNHKでやっていた『タイムトラベラー』というSFドラマを思い出した。話が難しくて全部は見なかったけれど、高校生の女の子がちょっとした拍子に過去に戻る話だった。もしかしたら、自分もあんな風にタイムスリップしてしまったのだろうか？

しばらくして、マチがあたりの暗さに気づいて言った。

「やべぇ、そろそろ帰らねえと」

慌てた声で言うと公園の隅の自転車に駆け寄り、やはり前と同じように、遠藤にボールを持っていくように言った。

「明日、絶対持ってこいよ」

再びマチとの別れの時がきた。この後マチは、家に帰る途中でタクシーに撥ねられて命を落とすのだ。

いや、違う。

遠藤は気づいていた。時間が本当に戻ったのなら、マチは死なずにすむ。事故に遭った時間に、その場所にいなければいいのだ。簡単なことじゃないか。

「マチ、今日は特別に家まで送ってやるよ」

「あ？　なんで？」

マチの家は、ここから十五分ほどのところにある団地だった。

「何でもいいだろ。送ってやるって」

「いいよ、別に……気味悪いな」

マチがそういうのもわかる。男同士で送るも何もあったもんじゃない。第一、自転車のマチに歩きの遠藤がついてきたら、かえって遅くなる。

「頼むから、今日だけ送らせろって」

熱心に説得して、ようやくマチは折れた。

「わかったよ。そのかわり、お前が遅くなって怒られても知らねぇからな」

二人は連れ立って歩き始めた。

「何で急に送ってくれるんだよ？」

「ん？……まぁ、お前が心配だからに決まってんだろ」

「うわっ、気持ち悪っ！　明日は雨だな」

それでもマチは、どこか嬉しそうな顔をしていた。

「よく知ってるな。明日、雨降るぜ」

「明日は雨？　嘘つけ、こんなに夕焼けがすごいのによ」

遠くの清掃工場の向こうに、まだ少し夕焼けが残っている。夜に押し込められまいと最後の抵抗をしているように、いっそう赤い。昨日も見たはずなのに、その美しさが不思議と胸に染みた。確かに、明日天気が崩れるとは思えないほど鮮やかだ。

「ほんとだよ。夕方から、しとしとと降るんだ」

「嘘くせぇ」

鼻を啜りあげながら、マチが笑った。

夕食は前の七日と同じように、メンチかつだった。やはり同じように二つ食べて、同じように気分が悪くなる。

(どうして時間が戻ったんだろう)

食事の間じゅう、遠藤はずっと考えていた。

時間が戻ったのは自分だけで、マチも両親も弟も、前の七日と少しも変わった様子がなかった。遠藤が記憶している通りの言葉を記憶している通りの場面で話し、記憶している通りに動いている。同じ映画を続けて二回見ているような気分だ。

確かに夕べふとんの中で、時間が戻ればいいと思った。

あの公園に戻ることができれば、絶対にマチを死なせないのに……こんなことになるとわかっていれば、マチを家まで送ってやったのに……。暗い天井を眺めながら、遠藤は何度もそう考えていた。もしかすると、神様がその願いを聞き届けてくれたのかもしれない。

（神様っているのかな）

勉強机に向かってそんなことをぼんやり考えていると、テレビから耳になじんだテーマソングが流れてきた。『仮面ライダー』だ。

遠藤は興奮している弟を押し退けて、テレビの前に座った。後ろでは父が新聞を読みながらショートピースをくゆらせ、母は台所で皿を洗っている。

今日はもう、悲しい知らせが入ってくることはない。ゆっくり楽しめなかった昨日の分を取り返すつもりで、遠藤は改めてヒーローの活躍を楽しんだ。次のシーンに起こることを正確に教えて、弟をびっくりさせたりする余裕さえあった。

突然、電話が鳴って、その余裕は吹き飛んだ。

夕方、ちゃんと家までマチを送っていった。団地の階段の下で別れたけれど、その後もすぐにはその場を離れず、マチが三階に昇り、玄関の扉を開けて中に入るところまでしっかりと見届けた。それでもう、マチはタクシーに撥ねられることはなくなったはずだ。

「ちょっとお願い」

母がそう言うと、父が面倒臭そうに立ち上がって受話器を取った。

警察からの電話だろうか？　いや、そんなはずはない。遠藤は胸がドキドキするのを感じながら、父の言葉に耳を澄ました。

「あぁ、どうも……すみません、ちょっと今、出られませんで」

警察という言葉は出ない。どうやら、普通の電話のようだ。ホッとしたとたん、父が言った。

「えっ、亡くなったんですか？　お使いに行く途中に……かわいそうに。町田隆男君ですね」

頭を殴られたような衝撃を感じて、遠藤は思わずその場に突っ伏してしまった。

再びの長い夜だった。

体がほてって眠れず、何度も寝返りを打つ。隣で眠る弟の寝息が、妬ましいほど安らかだ。

襖が細く開いて、隣の部屋の明りが差しこんでくる。遠藤はなぜだか眠ったふりをする。弟のふとんをまたいで、父が近づいてくる気配がした。自分の寝顔をしばらく覗きこんで、のっそりと戻っていく。

「どうにか寝たみたいだ……かわいそうに」

「あの年で友だちを亡くすなんてね」

襖が閉まり、両親が声を潜めて話しているのが聞こえる。

「今日、一緒に遊んだんだって。家まで送ったとか言ってたけど」

「その後にお使いに行って轢《ひ》かれちゃったんだな……さっき陽介と外に出た時、たまたま現場見ちゃってな。一応の始末はしてあったけど、すごい有様だったよ。あいつに見せたのは失敗だったな」

「あの子がそんな風に死んじゃうなんて……親御さんの気持ちを考えたら」

マチを知っている母は涙声だった。その言葉を聞くうちに、また涙が流れてきては枕に染み込んだ。

電話は、遠藤のクラスの連絡網だった。マチがお使いに行く途中に、例のナの字形の交差点でダンプカーに轢かれて死んだという知らせだった。

前の七日と同じように、遠藤は父の自転車の後ろに乗って事故現場を目撃した。タクシーに撥ねられたのではなく、巨大なダンプカーに轢き潰された現場は、いっそう無残だった。小さかったはずの血溜まりは、思わず目をそむけるほど大きなものになっていた。高い所から落とした水風船から飛び散ったような模様が、アスファルトの上に広がっている。一度見たら、忘れることなどできない惨状だった。

ガードレールの根元には同じように花束が飾られ、スプライトとバヤリース・オレンジ、森永キャラメルと天津甘栗の供え物が置かれていた。

(神様……もう一度時間を戻して下さい。僕はマチを助けたい。今度こそ、マチを助けてみせる)

静かな眠りが訪れるまで、遠藤は祈り続けた。

## 3

二度目の日曜が来た。

遠藤は同じように十時過ぎに目を覚まし、何本もかかってくる友だちの電話から逃げ、バスに乗って隣町の図書館にやって来た。

図書館は、前の日曜日と何も変わらなかった。小さな子供を連れている若い母親にも、熱心に『日本のとんち話』を読みふけっている中学生くらいの男の子にも見覚えがある。テーブルに陣取り、ろくに本も読まずにおしゃべりしている女の子たちは、居眠りした自分を笑った子たちだ。

遠藤は児童向けのミステリーの棚の前に立ち、前の日曜日に読んだホームズの本を手にとった。さんざんに読み古されて背表紙が剥《は》がれかかっているその一冊が、遠藤の体験の唯一の証拠物件だった。

その本の内容を、遠藤はちゃんと覚えている。ホームズシリーズの『オレンジの種五つ』。依頼人は殺され、犯人も捕らえることができなかったホームズに、自分はひどくがっかりした。それは間違いなく、前の日曜——だが、その日曜は途中から土曜に戻ってしまった。だったら自分は、いつこの本を読んだことになるのだろう?

しばらく考えて、どうでもいいことだと思った。とにかく今は、夕べ考えた計画を実行に移さなければならない。遠藤はその本を持って前と同じ椅子に腰かけ、膝の上で開いた。

なぜ昨日あんなことが起きたのか、その理由はわからない。何か超常的な力を持つものに知らないうちに触れたのかもしれないし、自分のした何かが、偶然時間を溯《さかのぼ》る手続きの一つだったのかもしれない。とにかく昨日やったことを、記憶している限り忠実に、もう一度やってみることだ。そうすればもう一度（本当に神様の気まぐれでない限り）、土曜の夕方のあの公園に戻れるような気がする。

今度こそマチを助けてみせる、と遠藤は思った。家に送って行くぐらいではダメだった。今度はもっと慎重にやらなくては。

遠藤は一度読んだ本をもう一度読んだ。本当なら読んでいる最中に居眠りしなければならないのだが、今日は少しも眠くならなくて困った。仕方なくわざわざ寝たふりをして、テーブルの女の子たちが笑ってくれるのをじっと待った。そんなバカげた努力も、マチを助けるためなら少しも苦にはならないのだった。

やがて苦労は報われた。

図書館からの長い道を前と同じ道筋で歩き、雨に濡れながらあの公園の前に立つと、しばらくして中から例のボールが飛び出てきた。ボールは同じようにトゲトゲ屋敷の塀に当たり、少し跳ね回って止まった。遠藤は素早くそれを拾いあげると、深く息を吸い込んで公園の中に足を踏み入れた。

前と同じように、空気が変わる。どんよりと曇っていた空が、一瞬のうちに鮮やかな夕焼け空になる。再びのタイムスリップ。

いつ変わったのか気がつかないほど、遠藤の着ている服も土曜のものに戻っている。それなのに、どうして記憶だけは戻ってしまわないのだろう。

夕日に照らされた公園の中には、やはりこちらに背を向けて水を啜っているマチの後ろ姿があった。

「マチ」

声をかけると、バカボンそっくりの顔が振り返る。

「ビバが変なこと言うから、すっぽ抜けちまった」

「それはもういいよ」

遠藤はボールを投げ返しながら言った。何だか腑に落ちないような顔で、マチはボールをキャッチする。

「今日はもう、これくらいにしようぜ」

「なんだよ、急に。変なところに投げたから怒ってんのか？」

「別に怒ってねぇよ。ちょっと大事なことがあるんだ」

マチはやっぱり納得がいかないようだった。鼻をぐずつかせながら、何か言いたそうな顔をしている。

「そろそろ暗くなるから、帰ろうぜ。家まで送ってやるよ」

そう言うと、マチはやっぱり気味悪がった。昨日——二回目の土曜——の会話とまるで同じだ。

「何か気味悪いな……明日、雨じゃねぇの」

「あぁ、夕方からちょっと降るぜ」

そう答えながら、遠藤は少し悲しくなった。明日の雨は予測できても、自分の運命にはなぜ気づけないんだろう。もっともその運命も、必ず自分が変えてみせるが。

遠藤はマチを家まで送っていった。前の土曜よりは、いくらか早い時間だった。団地の階段の下で別れると、少し離れたところからマチが自分の部屋に入っていくのを確かめた。ここまでは昨日と同じ。大切なのはこれからだ。

(こうなったら、お使いにもついて行ってやるさ)

マチの家のすぐ近くに団地のゴミ集積場があり、座るのにちょうどいい高さの囲いがついている。遠藤はそこに陣取って、三階の青いドアを見張った。マチがいつお使いに出るかはわからない。ここで刑事のように張り込みだ。

じっとしていると、十月の夕暮れはかなり寒かった。日が暮れてから、風が強くなってきている。くたびれたトレーナーの首筋から遠慮なく冷気が吹き込んできて、遠藤は二度三度、大きなくしゃみをした。だが今は、ぼやいている時ではない。

あたりがすっかり暗くなる頃、冷たい風に混ざって、どこからかカレーの匂いが漂ってくる。どうしてよその家のカレーの匂いは、こんなにおいしそうなのだろう。

(うちもカレーだったらいいな)

わかってる。うちの今夜のおかずはメンチかつで、自分は二つ食べて気分が悪くなることになっている——いや、待てよ。考えてみれば、自分のその運命も変えようと思えば変えられるはずだ。欲張らずに一つでやめておけば、胸焼けで苦しい思いをすることも……。

「ビバ君?」

突然声をかけられて顔をあげると、白い自転車に乗った女の子がすぐ側に立っていた。

隣の席に座っている中島典子だ。

「あ……どうしたの、こんな時間に」

「私はピアノの帰りよ。ビバ君こそどうしたの？　もうすぐ六時になるわよ」

もうそんな時間になっているのか。帰ったらカミナリ決定だ。

中島典子は自転車を引いて、遠藤の近くに立った。長い髪を真ん中から分け、目元がくりくりしているところは、本当に麻丘めぐみそっくりだ。お姫さまのようなドレスを着せたら、きっと似合うだろう。

「まぁ、ちょっと人を待ってるんだよ。大事な用があってさ」

遠藤はちょっと気取った口調で答えた。中島典子は、学校で話す時よりも優しい感じがした。

「それならいいんだけど……今、すごく怖い顔してたよ。どっか痛いのかって思って」

「別にどこも痛くないよ」

遠藤は意味なく胸を叩きながら、強い口調で答えた。

その時、中島典子のはるか後ろで、自転車に乗っているマチの姿が見えた。

(しまった！)

とんだ間抜けだ。自分は中島典子に気を取られて、マチが家から出てくるところを完全に見落としてしまったらしい。これでは張り込みの意味がまったくない。自分は女で失敗するタイプなのか。

「じゃ、またね！」

遠藤は一言言い残すと、全速力でマチの後を追った。走り始めてすぐに、中島典子から自転車を借りた方がよかったのではないかと気づいたが、あとの祭りだ。

「マチーっ！」

後ろから叫んでみるが、マチは全然気づかない。四十メートルほど間が開いているとはいえ、声は届いているはずだ。

（あいつ、また歌ってるんだな！）

マチが一人で自転車に乗る時は、ワンマン歌謡ショーを開く癖がある。大声で歌を歌うのだ。本人は周りに聞こえていないと思っているらしいが、遠藤を含め何人もの友だちがそのショーに出くわしていて、仲間うちでは有名な話だった。得意曲は三善英史の『雨』と、青い三角定規の『太陽がくれた季節』。きっと今も気分良く歌っていて、まわりの音が聞こえないのだろう。

「おーい、止まれ！　マチってば！」

走りながら声を張りあげたが、やはり気づく気配はない。

あいつは確か、お使いに行く途中で事故にあうはずだ。今、何としてでも止めなくてはならない。気持ちは焦るが、間はぐんぐんと広がるばかりだ。

やがてマチの前に、例の交差点が見えてきた。その向こうに、小さなマーケットがある。信号は青だ。マチは少しもスピードを緩めない。そのまま突っ切ってしまうつもりなのだろう。しかもあのバカは、ろくに左右を確かめもしない。

「てめーっ、くそマチ！　止まれって言ってんだよ！」

遠藤はポケットから共有財産のゴムボールをほじくり出し、大きく振りかぶって投げた。肩に痛みが走るほど力を込めたが、距離的には厳しかった。

だめかと思った時、飛距離がぐっと伸びた。背中から吹いてくる風が、少しばかり力を貸してくれたのだ。落書きだらけのボールは、美しい放物線を描いてマチの後頭部に当たった。パコッ！　といい音が遠藤の耳に届く。

マチが慌てて自転車を止めた瞬間、右折してきたダンプカーが凄いスピードで横断歩道を通り過ぎていった。とんでもなく無謀な運転手だ。

(間に合った！)

遠藤はすばやく団地の陰に身を隠し、大きく胸を撫でおろした。そっとのぞくと、マチは頭を撫でながらあたりを見回している。ぽかんと口を開けた、あっけにとられた顔だった。さすがに今のは危機一髪だったと思っているのだろう。

(奇跡が起きたとでも考えているのかな)

きょろきょろと忙しく首を動かしているマチの後ろ姿を見ながら、遠藤は大きな満足を感じていた。

(奇跡なんだよ。たくさんの奇跡が重なって、お前は助かったんだよ)

駆け寄って行って教えてやりたい衝動にかられたが、ぐっと我慢した。どうして家に帰らないのかと聞かれたら、面倒だと思ったからだ。

その夜『仮面ライダー』の時間になっても、電話はどこからもかかってこなかった。遠藤は三度目にして、ようやくいつもと同じ土曜日を過ごした。テレビを見た後にゆっくりと風呂につかり、くつろいだ気持ちでふとんに入った。

だが、眠れない夜は再び訪れた。

今まではマチのことで頭がいっぱいで思い至らなかったが、ここに来てようやく、あることに気づいたのだ。

確かにマチは助けることができた。けれどまたタイムスリップが起こって、再び土曜日になってしまうかもしれない。最悪、自分はこのままずっと土曜と日曜の間を回り続ける可能性だってあるのだ。

(あの公園だ……!)

なぜ時間が土曜日のあの時間にまで戻るのか、その理由はいくら考えてもわからない。けれど、あの公園に何か秘密があるのは確かだ。

夕方のあの時間、公園から共有財産のボールが飛び出してくる。あのボールが過去に行くための切符であることは、何となくわかる。だからあの時間にあの公園に行かなければ、時間は普通に流れてくれるのではないだろうか?

(明日はあの公園に近づかないようにしよう)

そう心に決めて、ようやく眠りに落ちた。

けれど遠藤は、明くる日の日曜の夕方、やはりあの公園の入り口で飛び出してくるボールを待つことになった。

遅く目を覚ました朝、母からこう聞かされたのだ。

「さっきクラスの連絡網で電話があったの。夕べ、町田君の家が火事になって、町田君と妹さんが亡くなったんですって」

小雨の降る夕方、トゲトゲ屋敷の塀にもたれて待っていると、やはり薄汚れたボールが飛び出してきた。この当たり前でない光景さえ、もう見慣れてしまった気がする。遠藤はそれを拾い上げると、重い足取りで公園の中に入った。すでに何度も体験した空気と光の変化の後、これまでと同じように、ペンギンに覆いかぶさるようにして水を飲んでいる友だちの背中に出会った。

「ビバ、怒ってんの?」

気配に気づいて振り向いたマチが、眉を寄せて言った。

「別に」

そう言いながらボールを投げ返すと、マチは両掌を花のように広げてキャッチした。

遠藤にとっては四度めの土曜日だが、マチにはいつでもごく普通の、一回きりの土曜日だ。今まで三回も自分が死んだことなんて、爪の先ほども知らないのだ。

いったいどうすれば、それをわからせることができるだろう。きっとすぐには理解できないだろうし、信じもしないだろう。自分がマチの立場なら、絶対にそうだ。だが何がなんでもわからせ、信じさせなくてはならない。

「マチ、ちょっと話があるんだけど」

遠藤はマチの肩を叩くと、近くのベンチに腰を下ろす。

「なんだよ、急にマジメくさって」

「ビックリするかもしれないけどな……お前、このままだったら今日、死ぬぞ」

「あ？」

マチはぽかんと口を開けた。その間抜けづらを見た時、説得するにはかなり骨が折れそうだと思った。

「本当に、信じられないとは思うけどな」

遠藤はゆっくりと順を追って、自分が体験した不思議をマチに説明した。マチは初めから作り話だと思っているらしく、へぇ！　だの、ほおっ！　だの、相槌というよりは奇声をあげて話を聞いていた。

「そんなわけで、もう俺じゃダメみたいなんだ。何をやってもお前は死んじゃうんだよ。こうなったら、お前が自分で身を守るしかないんだ。車に十分気をつけて、家が火事になったら、とにかくすぐ外に逃げろ。できることなら今夜はずっと起きてろ。もし寝るならベランダに近いところで寝て、やばくなったらベランダに出るんだ。隣の部屋に逃げられるから」

話しているうちに胸が苦しくなってくる。喉元がきゅっとすぼまって、息をするのも窮屈だ。

「ビバ……お前、泣いてんの？」

いつのまにか目の前の夕焼けが滲んでいる。そんなつもりはないのに、涙が零《こぼ》れていた。それを見たマチが、ふっと真剣な顔になった。

「お前が泣くのなんて、初めて見たよ」

「しょうがねぇだろ……お前が俺の話を信じなかったら、それでおしまいなんだからよ」

一度涙が流れ始めると、もう止めようがなかった。今までの分だとばかりに次から次へと流れ出て、遠藤はついに号泣してしまった。泣けば泣くほど、張りつめていた心がぐにゃぐにゃになっていく。

「今の話……ほんとなのか」

親友の取り乱す様を見て、やっと信じようという気持ちが起きたらしい。マチは今まで見せたことのないような真剣な顔になった。

「最初はタクシーで次はダンプカー、その次は火事か……何だか、だんだんすごくなるな」

マチは眉をひそめて言った。なるほど言われてみれば、その通りだ。遠藤は初めて気づいた。単なる偶然なのか、それとも何か意味があるのか。

「もしビバの話が本当だったら、絶対に佳子は助けないとな……よし、じゃあ俺、お前の言う通りにするよ。車にも気をつけるし、今夜は絶対に寝ない」

佳子は二年生の妹だ。深夜の火事でマチとともに死ぬ運命にある。

「大丈夫か？　起きていられるか？」

「今日だけガマンすればいいんだろ？　がんばってみるよ。そうだ、コーヒー飲もう」

遠藤は一瞬、言葉を返すことができなかった。

(今日が過ぎれば、マチは助かるのか？)

考えてみたこともなかった。だが今は、何とも言えない。

気がつけば、あたりはかなり暗くなっていた。そろそろ帰らなくてはならない。送っていくという申し出を、マチは素直に受けた。どうやら完全に遠藤の話を信じてくれたらしい。

家までの帰り道、マチは十分注意深く、ふざけている様子もなかった。本人が注意することが何よりの対策なのだから、これ以上心強いことはないだろう。今度こそ、やっと助けることができると遠藤は思った。

「どうにか無事についたな……あとは火事に注意か」

マチの住む団地の下までたどり着き、二人は大きく胸を撫で下ろした。

「いや、火事ばっかりじゃないぞ……もしかすると、別のことが起こるかも知れない。とにかく、何でも注意しろ」

「合点承知のすけ」

いつにない真剣な表情で、マチはうなずいた。

固い握手をして二人は別れた。マチは団地の階段を慎重に昇っていき、遠藤はその様子を下から見ていた。やがてマチが青いドアを開けて中に入るのを確かめると、ほっとして背中を向けた。

とたんに、雷が間近に落ちたような、凄まじい轟音が響いた。社会科見学で行った羽田空港で聞いた、飛行機のエンジン音なみの大音響だった。

とっさに身をかがめ、あたりを見回す。耳の奥で、細かくスプーンが擦れているような音がする。ハッと気づいて、マチの家を見た。マチの家の台所の窓ガラスがきれいに無くなって、中から朱色の炎がチラチラと見える。

「ガス爆発だ！」

どこかで叫ぶ大人の声がする。遠藤の足は杭《くい》になったかのように、曲げることも動かすこともできなかった。

さして大きく見えなかった炎が突然膨れあがったかと思うと、ガラスのなくなった窓から、風に靡《なび》くマフラーのように吹き出した。

(マチ、逃げろ！)

叫ぶのも忘れて、遠藤は鮮やかな炎が踊り狂うのを見ていた。集まってくる野次馬の声に紛れて、悲鳴のようなものが聞こえた気もする。

だが、いつまでも家の扉が開く様子はなかった。

湿った空気の膜を突き抜けて、夕焼けの光の中に飛び込む。さすがに四回もやっていれば、この異常な感覚にも、すっかり体がなじんでいる。

やはりいつものように、こちらに背を向けてマチが水飲み場にかじりついている。遠藤はその尻めがけて、落書きだらけのゴムボールを力まかせにぶつける。ボムッ！といい音がする。

「何で中島の話をしたら暴投するんだよ？ 怪しいな」

笑いながら近づいていくと、マチは日を見開いて言った。

「どうしたんだよ、ビバ」

「別に……何か変か？」

「変だよ。目が真っ赤だぜ。それに、ずいぶんくたびれてるみたいに見えるけど」

「そんなことねぇって。別にさっきまでと変わんねぇよ」

ボールを投げ返しながら、遠藤は答えた。

「そうだよなぁ……ボールを取りに行ったちょっとの間に、目が腫れるほど泣けるわけないもんなぁ」

意外に敏感だな、と遠藤は思った。

自分が何度この土曜日に来ようが、マチにとっては、たった一度の土曜日だ。キャッチボールの最中に外に飛び出たボールを取りに行った遠藤が、ほんの十数秒後に戻ってきたようにしか見えないのだ。まさかそのわずかな時間のうちに、未来から戻ってきた遠藤と入れ替わっているなんて、想像さえできないだろう。

「ちょうどいいや。ちょっと疲れたから休もうぜ」

そう言って遠藤は、近くのベンチにマチと並んで腰掛けた。

公園を取り巻いている木々の間から、みごとな夕焼け空が見える。遠くに見える清掃工場の煙突と建物の影が、巨大なピストルのようだ。

「きれいだなぁ……本当に燃えてるみてぇじゃん」

鼻を啜りあげながら、マチが言った。

昨日の土曜日、マチの家は大きなガス爆発を起こした。そろそろストーブを使うつもりだったのか、玄関先に灯油の入ったポリタンクがあったことが被害を大きくした。火はあっという間に燃え広がり、その結果、マチと母親、妹、まだ一歳になったばかりの弟が焼死したのだ。

ここにきて遠藤は、認めないわけにはいかなくなった。マチを助けようとすればするほど、その後にもたらされる悲劇が一層激しいものになり、他人までも巻き込んでいく。マチの運命は、どうしても変えられない。

「そういえば中島がさぁ、お前のことを女子の前で褒めてたぞ。町田君って、意外に優しいんだよ……ってさ」

「え、ほんとに?」

夕焼けよりも濃く、マチの顔が赤くなる。

「ほんとだよ。お前、ピーコの世話とか、ちゃんとしてるだろ? やっぱり、そういうところを見てるんじゃねぇのかな」

ピーコは遠藤たちのクラスで飼っているセキセイインコだ。マチは飼育係でがんばっていた。

「それにこの間、ポートボールの授業でお前、上原のこと抜いただろ? あれがけっこうカッコよかったってさ」

「いやぁ、ほんの実力だよぉ」

褒め言葉に免疫のないマチは、身をくねらせて照れている。そんなマチを、遠藤は愛《いと》しく思った。

「そうそう、この間、ホームズの本読んだぜ」

「ふーん、どんな話？」

中島典子の話が唐突に終わって、マチは少し気のない声で言った。

「それが、てんでしまらないんだよ。『オレンジの種五つ』って話なんだけど、依頼人は殺されちゃうし、犯人も捕まえられなくて、さすがのホームズもいいとこなしでさあ」

「オレンジの種は、どう関係があんの？」

自分では読まないくせに、他人が読んだ本の話は聞きたがる。マチはいつもそうだ。

「悪の秘密結社みたいなのがあってさ、そいつらが殺人予告として、殺す相手にオレンジの種を五粒送ってくるんだよ。依頼人の叔父さんとか親父のところにそれが送られてきて、それからすぐに二人とも死んじゃうんだ。うまく事故に見せかけてあるから、警察も動いてくれなくて……で、とうとう依頼人のところにも、それが送られてきちゃうんだ」

「へぇ、面白そうだな」

マチは共有財産のゴムボールを、手の中でもてあそびながら言った。

（かわいそうなマチ……ポケットを探ってみろよ。お前のところにも、オレンジの種は届いているんだぜ）

そう言いたいのを抑えながら、遠藤はうつむいた。

「すごい嵐の夜に、依頼人はホームズを訪ねてくるんだ。でもホームズは、話だけ聞いて帰しちゃうのさ。その帰り道に、依頼人は殺されちゃうんだぜ。ひでぇと思うだろ」

「ホントだ。あんまりだな」

「ホームズにだって、できないことはあるってことだよ」

二人は小さな声で笑った。

そうだ。あんなにすごい名探偵にだって、できないことはある。

「ちょっと聞いていいか、マチ」

「おう、なんだよ」

「お前がこの世で一番好きな人って誰？」

「また変な話かよ」

マチは笑いながら、遠藤の肩を叩く。

「別に変な話じゃねぇって……じゃあ、聞き方を変えるよ。この世で一番守りたいって思う人って誰だ？」

しばらくの間マチは、口の中で何やらモゴモゴ言っていたが、遠藤がふざけているわけではないのに気づき、腕組みして考え始めた。

「家族でもいいの？」

「あぁ、もちろん」

「じゃあ、妹と弟かなぁ。まだちっちゃいからな」

十分に予想できた答えだった。マチは意外にいい兄貴なのだ。その答えを聞いて、ふらついていた気持ちが決まった。

生きていることの意味なんてわからないし、人生の仕組みもわからない。けれど、ただ一つだけわかったことがある。死はまるで駄菓子屋のくじ引きのように、ある日突然当たってしまうものだと。

いい人だとか、まだ若いとか、そんな都合は考えてはもらえない。悪いことをして人を困らせても長生きする人はいるし、みんなに愛された人が早く亡くなってしまうこともいくらでもある。オレンジの種五つ。それが手元に届いたら、黙って従う以外に道はないのだ。

だから今、言わなくてはならない。伝えなくてはならない。愛する人に、愛していると。

「あのな、マチ」

マチの顔は見ずに、空を夜の暗さに焦がしていく夕焼けを見ながら遠藤は言った。自分はきっと、一生この夕焼けを忘れないだろう。

「俺、お前のこと、気に入ってるよ。親友だと思ってる」

「なんだよビバ、急に……照れるじゃねぇの」

遠藤の言葉に、マチは大げさに頭を掻いた。

「……ずっと、友だちでいてくれよな」

「そんなこと、当たり前だろ。俺だって……ビバが好きだよ」

柄に合わないマチの言葉が、遠藤の胸を無造作に締めつけた。

「ど、どうしたんだよ、ビバ。急に泣いたりして」

「え？」

言われて初めて、自分の頬に涙が流れているのに気づいた。

「お前にはわかんねぇよ……わかんなくていいんだよ」

拳で涙をぬぐい、遠藤は泣きながら笑った。

「ビバ、なんか変だなぁ」

「お前の顔ほどじゃねぇって」

「ひでぇな、人が心配してやってんのに」

どうしたことか、マチの目も潤んでいた。

二人は肩を叩き合いながら、大きな声で笑った。燃えるような夕焼けの中で、いつまでも。

## 4

遠藤は新しい煙草に火をつけた。

大人になった自分が、この公園で煙草を吸っているなんて、ちょっと不思議な気がする。あの頃は大人の世界ははるか彼方で、三十五歳を過ぎた自分の姿なんて、少しも想像できなかった。

マチがもし生きていたら、彼はどんな大人になっただろう。あまり器用な方ではないから、ネクタイを締めてかけずりまわるような生き方はしなかったと思う。学校の作文に書いた通りなら、バスの運転手か。何にしても、まわりの人から愛され、家族思いのいい父親になっていたのではないかと思う。

最後にマチと過ごした土曜日は、それが正しいスケジュールだといわんばかりに、初めの通りの時間が流れた。遠藤とマチは明日も遊ぶ約束をして、そのまま公園で別れた。遠藤は夕食のメンチかつを二つ食べて気分が悪くなり、その後は何度目かの『仮面ライダー』を見た。途中でかかってきた電話に父が出て、マチの死の知らせを聞いた。タクシーに撥ねられて死んでいた。

次の日曜日、遠藤は初めの日曜日と同じように過ごした。友だちからの電話から逃げて隣町の図書館に行き、そこで『オレンジの種五つ』を読んだ。そのあと小雨に濡れながら、遠い道のりを歩いて帰ってきた。

夕方、トゲトゲ屋敷の塀にもたれて、例のボールが公園の中から飛び出してくるのを待った。時計は持っていなかったが、ボールが転がってくる時間は何となくわかっていた。

やがて、当たり前のようにボールが飛び出してきた。遠藤はそれを拾い上げなかった。ガラスの破片が埋め込まれた塀にもたれたまま、足元に転がるボールをじっと見つめ続けた。

もう一度だけ、あいつに会おう――大好きな友だちの笑顔を思い出すと、ボールを拾いたい衝動に何度も駆られた。だが遠藤は、歯を食いしばって必死に気持ちを抑えた。

自分は何度もマチを死なせた。何度も苦痛を与えた。もういい。もう、このまま行かせてあげよう。

そう思った時、足元のボールがゆっくりと透明になり、やがて雨に溶け込んでいくように消えてしまった。今までのことはすべて手違いであったかのように。

(今でも、同じようなことが起こっているんだな)

公園の中を見回しながら、遠藤は翔一の言葉を思い出した。

ここで犬を散歩させていた老婆の姿が目撃されたらしいが、それはきっと幽霊の類《たぐ》いではない。婦人の生きていた時間に、たまたま誰かが飛び込んでしまったのだろう。きっと今でも、この公園の時間は時々ずれてしまうのだ。

時間の流れがどういうものなのか、遠藤は知らない。

もし仮に川の流れに似たものだとしたら、この公園は流れに突き立てられた杭なのかもしれない。杭の周りで流れは分かれ、逆巻くけれど、再び元の流れに戻っていく。自分はその流れに乗って、何度も同じ場所をくるくると回っていた落ち葉だった。

けれど、もう二度とあんな思いはたくさんだ。同じ場所を何度回ろうが、結局は何一つ変えることはできなかった。あんな惨めで寂しい思いは、もう二度と――。

その時、公園の入り口に翔一の姿が見えた。煙草を吸っているところを見られると、いろいろとうるさい。遠藤は携帯用灰皿のフタで、慌てて煙草を消そうとした。

「待ってよ、パパ……消さなくていいよ!」

翔一は思いがけないことを叫んだ。心なしか、近づいてくる足取りがどこか重たそうに見える。

「タバコ、好きなだけ吸えばいいよ」

「なんだよ、怒ってるのか?」

煙草を消し、灰皿に捨てながら遠藤は言った。

まずいことになった。禁煙する約束をとっくに破っていたことが、知られてしまった。父親として、かなりの減点を覚悟しなくてはならないだろう。

「違うよ。パパはタバコが好きなんでしょう? だったら、好きなだけ吸うのがいいんじゃないかって思ってさ」

今まで言っていたこととずいぶん違うな……そう思いながら息子の顔を見ると、少しの間にずいぶんとやつれている。

「何か変だな。熱でもあるのか?」

隣に座った翔一の額に手を当てると、翔一は突然、両方の掌でその手を押さえた。瞼が熱くなっている。

「……ちょっとこのままにしておいてよ」

額と瞼を覆った自分の手の下から、不意に涙が滲み出てくる。

「おいおい、どうしたんだよ?」

「パパにはわからないよ……わかんなくっていいんだ」

消え入りそうな声で翔一は言った。聞き覚えのある言葉だった。

翔一がどこから帰ってきたのかを悟るまで、かなりの時間がかかった。その瞬間こそ衝撃が背筋を走ったが、掌に伝わる子供の温もりが、かろうじて遠藤をつなぎ止めた。

自分のポケットの中にも、オレンジの種は飛び込んでしまったらしい。自分はいつ、どんな風に——翔一に聞いてみたい気がしたが、それはできなかった。

遠藤はただ、こう答えるだけで精一杯だった。

「翔一、パパにはわかるよ。お前がパパのためにどれだけ一生懸命になってくれたか……パパにだけはわかるんだ」

翔一は、弾けたように声を放って泣いた。

秋の午後の陽射しが、公園の中を照らし出している。いつもより多くの光の粒子が風の中に含まれているかのように、すべてがきらきらと輝いて見えた。

すべてが、きらきらと——。

# フクロウ男

人の心というものは、本当にわからない。

なぜ僕は、君にこんな手紙を書き送ろうとしているんだろう。世間に知られれば、そのまま絞首台への階段を昇ることになる告白を、どうしてわざわざしようというんだろう。

もちろん書くのをやめてもいいし、書きあげたものを消去することもできる。どうしようが自由だ。

けれど僕は確信している。

きっと僕はこの手紙をプリントアウトし、封筒に入れ、君の宛名を書いてポストに投函してしまうだろう。むろん多すぎる額面の切手を貼るつもりだから、いくつかの郵便局を経由して、ごく当たり前に君の許《もと》に届けられるはずだ。

封筒裏に書かれた僕の名前を見て、君はきっと驚くだろう。急いで封を切り、慌てて中を読むに違いない。そして、君は知る——僕が、あの禍々《まがまが》しい都市伝説の主人公であったことを。

もちろん、これは性悪ないたずらではないし、気まぐれな作り話でもない。これから語ることはすべて真実だ。それを証明するために、僕は例の白手袋の片方を同封しておこうと思う。

マジシャンが使うような、薄くて白い手袋だ。もし良かったら、薬指と中指の先端を見てごらん。茶褐色の染みがあるのがわかるだろう？　そこには直接触れない方がいい。根津の事件で、見開いたままになっていた七歳の女の子の瞼を閉じてあげた時、付着してしまった血だから。

もっとも彼女は絞殺したから、血は母親か姉のものだ。警察に持ち込めば、ＤＮＡ鑑定でもしてはっきりさせてくれるだろう。大した意味はないけどね。

ここまで読んだ君の眉間に、くっきりと皺《しわ》が寄っているのが目に浮かぶよ。君はバカがつくほど正義感が強くて、弱い者が酷い目に遭うのを黙って見ていられない質《たち》の人だからだ。単純で、好感の持てる人物さ。

覚えているかい？

いつだったか二人で不忍《しのばず》通りの歩道を歩いていた時、僕らの前を一人のおばあちゃんが歩いていたことがあったね。杖をついて、自分の足のサイズで道の距離を測っているような、ゆっくりとした歩調だった。君はおばあちゃんを急《せ》かさないよう十分な距離を置いて、のんびりと歩いていたっけね。

その時、後ろから自転車でやって来た高校生くらいの少年が、突然ベルを鳴らした。座敷犬が吠えるみたいな、けたたましい鳴らし方だ。少年は学生服をだらしなく着て、世の中をなめ切ったような顔つきをした、いかにもなヤツさ。

慌てて端に寄ろうとしたおばあちゃんは、気持ちに体がついていかず、足をもつれさせて転んでしまった。それを見ていた君はすたすたと少年の方に歩み寄ると、いきなりその金髪頭をグーで叩いたんだ。熟《う》れたスイカみたいな、いい音がしたね。

君はおばあちゃんを助け起こしながら、お年寄りを大切にしろとか、人の身になって物を考えろとか、すばらしいお説教をした。少年は殴られた後頭部を撫でながら、それこそ気のふれた人間でも見るような目で君を見ていたっけ。どうなることかとハラハラしたけれど、結局少年は君の気迫に負けて、形だけ頭を下げて去っていったね。

僕はホッとしながらも、君の直情ぶりに舌を巻いていたよ。本当に君は尊敬すべき人間さ。だからその時、思ったんだ——こんなに正義感の強い君が僕の所業を知ったら、いったいどうするだろうかってね。

警察に突き出すなんて生ぬるいことを思いつく前に、僕を殴り殺すかな？　空手だか少林寺拳法だかで（すまない。スポーツにはまったく興味がないので、忘れてしまったよ）鍛えた腕っぷしで、たちどころに僕の細い首をへし折ってしまうかな？

それも悪くなかったかも知れないと、今なら思わないでもない。そうすれば、この奇妙な物語にもきれいな結末がつくというものさ。勧善懲悪の子供番組にしたっていいくらいのね。でも残念ながら、そんな陳腐な結末は絶対にやってきたりはしないんだ。

僕はこのまま姿をくらまし続け、人の世の闇に紛れ、自由に飛び続けるつもりだ。必要が生じれば、また人の命を奪うことだってあり得るだろう。

なにせ僕は——フクロウ男なのだから。

# 1

その奇妙な名前くらい、君も聞いたことがあるだろう?

知らなければ、そのへんにいる小学生や中学生をつかまえて尋ねてごらん。きっと目をキラキラさせ、鼻息を荒くして教えてくれるはずさ。彼らにとってフクロウ男はヒーローなんだ。もちろん、自分の身に災いが降りかからない限り、という但し書きがつくのだけれど。

ずっと昔から、時として奇妙な噂が全国に広まることがあるだろう? いわゆる都市伝説というやつさ。フクロウ男も、そういった怪しげな噂の一つということになってはいる。地域や語られる時期によっていくつかのパターンがあるけれど、もっともポピュラーなのは、たぶん『鳴き声三回』バージョンだ。

たとえば塾の帰りやお使いで夜道を一人で歩いていると、ふと背後から誰かがついて来る気配がする。怖々振り返ると、季節に関係なく茶色いコートを着て、夜だというのにミラーのサングラスをかけた男が立っている。

その男こそ、人間の世界に紛れ込んだフクロウの化身だ。上手に人間に化けてはいるが、特徴的なフクロウの目だけは人間になり切れず、サングラスで隠しているというわけだ。

男は喉を震わせて、フクロウの声で鳴く。

「ほーう、ほーう、ほーう」

文字にするとコミカルだけれど、まぁ、こんな感じだろうか。

男が鳴いたら、すぐに同じ鳴き真似を返さなくてはいけない。彼は自分と同じように人間の世界にまぎれ込んだ仲間を探していて、それを判断するために呼びかけてくるんだ。

男は疑り深い性質で、三回問いかけを繰り返す。もちろん三回とも、同じように鳴き返さなくてはならない。まるで輪唱するように、間髪《かんはつ》を容《い》れずにだ。

無事鳴き真似を返せたら仲間と認められ、フクロウ男は何もせずに去っていく。けれど少しでもためらったり、鳴き真似を返さなければ大変だ。その場で飛びかかられ、鋭い爪で目玉をえぐり出されてしまうことになる。

もっと悪いのは、フクロウの鳴き真似ではなく、ネズミの鳴き真似を返すことだ。ネズミはフクロウの大好物なので、たちまち食い殺されてしまう。だからフクロウ男に出会ったら、何があっても絶対にネズミの鳴き真似をしてはいけない……。

どうだい？　いくら流行ものに関心がない君でも、一度くらいはこの話を聞いたことがあるんじゃないかな？　白い毛糸のボンボンを持っていれば助かるとか、強い光を当てれば逃げていくなんていう尾ひれが付いている場合もあるが、この本筋が大きく変わることはない。

この手の怪人の噂が流行《はや》るのは、特別珍しいことでもないね。僕らが子供の頃にも『口裂け女』や『テケテケ』は都市伝説の定番だったし、戦前には、電柱の陰や学校のトイレに隠れて子供をさらっていく『赤マント』(なんてストレートでかっこいい名前なんだろう!)なる怪人の噂が、まことしやかに流れていたそうだ。まぁ、どんなに社会が変わっても、不思議なものや奇妙なものを求める人間の心は、なくなったりはしないんだね。

もちろん、そんな無責任な噂の主人公とフクロウ男には、大きな違いが一つある。フクロウ男はちゃんと実在して、実際に伝説通りのことを行っているという点さ。

こんな風に言っても、まだ君には何のことかピンとこないだろうね。知的好奇心が旺盛なくせに、君は案外、常識人だもの。

だから君のために、僕がどんな風にフクロウ男になっていったか、順を追って話してあげよう。とは言っても、僕がどこの誰で親の仕事は何か……なんてことはどうでもいいし、話すわけにもいかない。君はこの手紙を読んだ後、しばらく呆然とするかもしれないけど、きっと警察に駆け込むだろうから。だから、話すのは最低限だ。

今もたいして変わりないけど、僕は子供の頃から骨と皮だけの痩せっぽちだった。運動や体を使った遊びはからっきしダメで、友だちと公園で遊ぶよりは、部屋の中で過ごす方が好きだった。最近よく耳にする〝引きこもり〟とは違うけれど、本とテレビゲームがあれば、一日中部屋にいてもまったく苦痛を感じなかった。まぁ、陽性の子供ではなかったね。

けれど、けしていじめられっ子になったりはしなかった。むしろその逆で、学校の休み時間には、たくさんの友だちが僕のまわりに集まってきたものさ。なぜかというと、僕は怖い話や不思議な話をたくさん知っていたからだ。暇さえあれば、本で仕入れたその手の話を、みんなに披露していたんだ。そういう娯楽を提供できる人間は、子供の世界では重宝がられるものさ。

子供は本当に妖怪や怪物、幽霊といった、この世のものではない存在が好きだ。都市伝説の類いは特に人気が高くて、何度も同じ話をせがまれたよ。たとえば『口裂け女』や『トイレの花子さん』は古典だけれど、だからこそ話が完成していて人気があった。上半身しかなく、腕や肘を足のように動かして走る『テケテケ』は、少女であったり老婆であったり、様々なバリエーションがある。『人面犬』は面白いが、怖くないので人気は今イチだ。

僕はいろいろな話を仕入れてきては、友だちに聞かせた。夢中になって僕の話に耳を傾けている彼らの顔を見ていると、楽しくてならなかったよ。この時感じた喜びが、後のフクロウ男の発明につながっているのは間違いない。

江戸川乱歩の怪しげな世界に出会ったのも、その頃だ。

どことは言えないが、その頃僕が住んでいた町の図書館はお粗末なものでね。名前だけは図書館だったけれど、住民センターの狭い一室に本と椅子を押し込めただけの代物さ。新しい本なんかろくになくて、どこからかき集めてきたかわからないような古い本ばかりが並んでいたよ。

児童コーナーの一角を占めていた乱歩全集も、かなりの年代物だった。背表紙が取れかけていたり、中にはバラバラになったのをテープで補修したものもあったよ。美麗なアニメーションを見て育った目で見れば、表紙の絵も中の挿絵も古臭い感じがして、いかにもあの粗末な空間にはお似合いの本だった。

けれど何気なく手にとったその中の一冊に、僕は魅せられてしまったんだ。今となっては、それが何という作品だったかは判然としない。けれど、明智小五郎と少年探偵団が怪人二十面相と対決する作品と言えば、どれでも正解だから問題はないね。怪人二十面相は、あの手この手で都市伝説を作りあげようとしていた偉大な人物さ。社会というつまらない世界に、幻想の花を咲かせようとした最高のエンターテナーなんだ。

考えてみれば都市伝説を愛する人間が、その世界に惹《ひ》かれないはずがない。

その全集を、僕は片っ端から読んだよ。『魔人ゴング』、『電人M』、『海底の魔術師』、『大金塊』、『妖怪博士』……時には同じトリックが何度か出てきたり、別の作品で読んだようなストーリーが繰り返されたりしたけど、少しも飽きたりはしなかった。むしろ、おなじみの展開に喝采を送っていたところさえ、あったように思う。テレビゲームに熱中している同級生たちには、少しも理解されない趣味だったけれどね。

やがて少年探偵団ものを読み尽くしてしまった僕は、大人向けの作品へと進んでいった。明智小五郎のイメージが違っていたり（登場しないものもあったしね）、明らかに少年探偵団の世界より陰惨だったりと、初めのうちは面食らった。けれど次々と読んでいくうちに、僕はそれらの作品に、子供向けシリーズでは感じることのなかった、別種の興奮を感じるようになったんだ。『蜘蛛男』、『人間豹』、『黒蜥蜴』、『緑衣の鬼』、『一寸法師』、『妖虫』……持って回った言い方は好きではないけれど、自分が本当に読みたかったのはこういう物語だったのだと、いささか運命的にさえ感じたよ。

もちろん、そのすべてを理解していたとは言わない。けれど、その作品の中に溢れていた異端者の精神は、あの頃の僕の中に確実に流れ込んでいたんだ。

今から思えば少年の日の僕は、絶えず異界への扉を探していたような気がする。見飽きた町の通りが、ふとしたはずみに今までと違ったものになる一瞬を、いつも心待ちにしていたんだ。乱歩の作品や都市伝説は、そういう異界へ僕を誘ってくれる格好のテキストだったというわけさ。

たとえば、あまり疲れる遊びをしなかった僕は、よく深夜に目を覚ました。暗い子供部屋で耳を澄ますと、ごくたまに、窓の外をゆっくりと歩いていく足音が聞こえることがあった。

大人になった今は、それが酔っ払いの足音か、タクシー代をケチって歩いている終電帰りのサラリーマンの足音だとすぐにわかるさ。けれどその頃の僕にとっては、それはまさしく黒マントをつけた黄金仮面の足音に聞こえたんだ。

カーテンの隙間からちょっと確かめさえすれば、正体は簡単にわかる。けれど僕は、あえて外を見なかった。その足音が遠ざかって行くまで、ただじっとベッドの中で息を殺していたんだ。その時のわくわくする気持ちは、とても口では説明できないな。

そんな少年時代を送った者は、きっと日本中にいるだろうね。けれど成長するにしたがって、誰もが酔っ払いの足音と黄金仮面の足音の違いがわかるようになる。

その中で、どうして僕だけがフクロウ男になったのだろう？ いろいろ考えてみると、やはりイサオの一件が、僕に大きな影響を与えているように思う。その事件で僕は、異界への扉の開け方をぼんやりと知ったんだ。

イサオ（むろんこの名前も、実在したものとは変えてある）は、僕の家のすぐ近くに住んでいた知的障害のある少年だ。年はおそらく僕より三つか四つは上だったと思う。

体の縦も横も大きく、一見したところ大人と変わらない体格だった。いつ見ても同じような坊主頭で、顔にはうっすらとした笑いを浮かべていた。愛用の薄いブルーのジャージは近所の中学校の指定体操着で、どうもお兄さんのお下がりらしかった。手にはキャラクターの絵のついたビニールのプールバッグを提げていて、その中にはプラレールの電車や虫めがね、バラバラになったミニ四駆なんかの『イサオの七つ道具』が入っていた。

本当のところは定かではないけど、小学校の低学年までは、彼もごく普通の少年だったそうだ。何でもブランコから落ちて頭を打ってしまったのが原因で、重度の精神遅滞になってしまったと言われていた。そしてそれを裏づけるように、後頭部に十センチくらいの大きな傷跡が、真一文字に走っていたよ。

彼はとても心の優しい少年だった。小さな子供が大好きで（七つ道具も、子供の気をひくためさ）、公園や保育園の近くをよくうろついていたらしい。たまにしか公園で遊ばなかった僕だけど、行けば必ず彼を見たものさ。

彼こそが、元祖フクロウ男と言っていいかもしれない。やはり子供の気を引くために、滑り台のてっぺんやジャングルジムの上から、彼はよくフクロウの鳴き真似をしていたんだ。

「ほーう、ほーう、ほーう」

それはつまり、そこにいる子供たちに『おーい、一緒に遊ぼう』と呼びかけているんだ。

けれど悲しいことに、その声に応えてやる者は誰もいないのさ。彼はいつもどこか寂しそうな微笑みを浮かべながら、子供たちが遊んでいるのを遠くから見ているだけだったよ。

そんな彼がある日、小学二年生の男の子を突き飛ばして大ケガをさせてしまった。僕はその場に居合わせなかったけれど、話を聞いても、すぐには信じられなかった。何せイサオときたら体は大きいくせに気は弱くて、小さな子に意地悪されただけでも泣き出してしまうんだ。そんな彼が人に乱暴するとは、とても思えなかったんだ。

「ホントにすごかったぜ。顔を真っ赤にして、まるで鬼みたいだったよ。うがぁっ！って叫んで、横から思いっきり二年生を突き飛ばしてさ。三メートルくらい飛んだんだぜ」

現場を見ていたという友だちは、興奮しながら教えてくれたよ。

なぜおとなしい彼がそんなことをしたのか、事の顚末を聞いて僕は納得した。その男の子が、小さい子をいじめたんだ。やり方も陰湿で、泣いている子の頭から泥水をかぶせたというんだから、怒られて当然の悪ガキさ。

イサオは当時十四、五歳くらいだと思うけれど、その年頃の中でも、体は大きい方だったに違いない。だがイサオ自身、自分の力の強さをどこまで認識していただろう。彼に突き飛ばされた子供は回転しそうな勢いで横に飛び、肩から地面に落ちて脱臼《だっきゅう》してしまった。顔にも大きな擦り傷ができて、すさまじい有様だったらしい。そこに居合わせたおばさんたちが逆上して、警察まで呼んだものだから大騒ぎさ。

それきりイサオは、みんなの前から姿を消してしまった。

てっきり外出を禁じられてしまっただけかと思っていたけれど、どうもそうではないらしい。初めはどこか遠くの施設に入れられたという噂だったが、半年もすると、頭の傷がもとで死んだという話に変わった。真相を知る子供はなく、やがてみんな、哀れなイサオのことをすっかり忘れてしまった。

けれど意外な形で再会したのは、それからずっと時が過ぎて、僕が高校生になった頃だ。学校帰りに公園の横を通りかかった時、子供たちがこんな会話をしているのを聞いたのさ。

「いけないんだ！　小ちゃい子をいじめると、イサオが来るよ」

「イサオに食べられちゃうよ！」

思いがけない名前を耳にして、僕は思わず足を止めた。

叫んでいるのは、どう見ても小学校に就学する前くらいの子供たちだった。イサオがその公園に姿を見せていた頃は、まだ生まれていないか、何もわからない赤ちゃんだったはずだ。その子たちがなぜ、イサオの名前を知っているんだろう。

「ねぇ、君たち……イサオって知ってるの？」

僕が呼び止めて尋ねると、子供たちはどこか楽しそうに教えてくれたよ。

「イサオはねぇ、優しい怪獣なんだよ」

「いじめっ子をやっつけてくれるんだよね」

「ほーう、ほーうって鳴くんだってさ」

それがあのイサオであるのは間違いなかったけれど、子供たちには少し違うようだった。

彼らはイサオを、怪獣だと信じていたんだ。どこからともなく現れていじめっ子を撃退していく、大きくて優しい怪獣だと。

きっと彼が起こした事件を知っている人間が、ちょっと脚色して子供たちに話して聞かせたんだろう。それが語り継がれるうちに、イサオは怪獣へと変化してしまったに違いない。

多少の同情を彼に感じていた僕としては、喜ぶべき伝説だった。イサオが本当は優しい人間であることを誰もが知っていたという、何よりの証拠だったのだから。

けれど――その時の僕の気持ちをわかってもらえるだろうか？

僕はなぜだかイサオに、激しい羨望を感じたんだ。その頃は生死さえ定かでなかった彼が、小さな子供たちの間とはいえ、伝説の主役になっている。伝説の中で別の命を持って生き続けている。それがうらやましくてならなかったんだ。もし子供たちがこの先も忘れてしまわなければ、彼もまた『口裂け女』や『テケテケ』のように、語り継がれていく存在になるに違いない。

そう思った時、初めて僕は気づいたよ。今まで顧みることのなかった深い欲求が、自分の中に静かに息づいていたことをね。

(いつか自分自身の手で、すばらしい幻想を作り出したい)

フクロウ男の歪《いびつ》な卵は、この時、僕の中に産みつけられたんだ。

## 2

初めてフクロウ男を世に送り出したのは、だいたい三年ほど前のことになる。けれど、何も一足飛びに人殺しにまで行き着いてしまったわけじゃない。物にはすべて、順番と手続きがあるものさ。フクロウ男が人界の夜に舞い降りるまでにも、それなりのステップがあったんだ。もっともそのデビューの方法は、あっけないものだったけどね。

一つの都市伝説が生まれるのには、昔ならかなりの時間が必要だった。けれど今はもっと速く、簡単に噂を広げられる場所がある。

君にもわかるだろう? そう、インターネットの電脳空間さ。

試しにちょっと検索してごらん。都市伝説や怪しげな噂を扱ったサイトが、膨大にあるよ。最新コンピュータ技術を駆使してアナクロな怪談話をしているなんて変な話だけど、それだけみんな、その手の刺激に飢えているんだろうね。

インターネットの世界では有名なのだけど、身元を明かさず、誰でも好き勝手な発言を書き込める掲示板があるのを知ってるかな？　言ってみれば、電脳版落書きコーナーのようなものさ。有名人のゴシップから怪談めいた話まで、そこにはいろんな噂が飛び交っているんだ。雑誌やテレビの関係者が、よくネタ探しに使っているとも言われているくらいさ。

僕はそこに、こんな風な内容を匿名で書き込んだ。あくまでも、高校生くらいの少年の雰囲気でね。

『フクロウ男って知ってますか？　僕の学校の近くで、まことしやかに流れている噂です。茶色のコートを着て、夜でもミラーのサングラスをかけている男だそうです。夜道を歩いていると突然に現れて、ホウホウとフクロウの鳴き真似をしているらしいのですが、不気味だと思いませんか？』

初めはこんなものだったよ。

僕の中にフクロウ男のディテールはほとんど出来上がっていたのだけれど、わざと書かなかった。いきなり完成形を提示すると、すぐに作ったものだと見破る人間もいるからね。もちろん、この書き込みには誰からの反応《レス》もつかなかった。

それから一週間ほど時間を置いて、僕はまた別の人間として書き込みをした。今度は女子高生のふりをしたよ。

『何日か前にフクロウ男の書き込みがありましたけど、私の友達がそれらしい人を見ました。クラブで遅くなって、すっかり暗くなっていた頃、埼京線の〇〇駅近くで見たそうです。今どきミラーのサングラスをかけていて、友達の方を見ながらフクロウの鳴き真似をしていたそうです』

この回の書き込みの仕掛けは、話の中に具体的な地名を入れた点だよ。そうすることで、話にリアリティーが増したわけさ。地名は、意図的に東京近郊の住宅街にした。都市伝説の舞台は、たいていそういう街だからね。

僕は自分が書き込んだ文章に、すぐさま別人からの反応《レス》として、こんな書き込みを加えた。もちろん別の接続業者《プロバイダ》経由、別のアドレスを使ってね。

『その友達はラッキーだったみたいだよ。フクロウ男はこっちでは（九州）結構有名なヤツで、「ホウホウホウ」と言われたら、すぐに同じように「ホウホウホウ」と言い返さないと襲われるらしいんだ。何者なのかはわからないけど、サングラスの下にはフクロウの目があるというのがもっぱらのウワサ』

今思えば、笑ってしまうような自作自演だよ。ハッキングの知識がある人間の手にかかれば、すぐに同一のパソコンから発信されたものだとわかるかもしれない。けれど噂話そのものが違法なわけでもないし、誰もそこまで調べようとは思わないわけさ。

面白くなるのは、ここからだ。

まったくもって不思議としかいいようがないのだけれど、こんな風な自作自演を半月も繰り返すと、思いがけないところでフクロウ男を見たという人間が現れるんだ。

要は騒ぎの尻馬に乗りたがる軽薄な連中なのだけれど、実際、彼らこそが僕の同胞だと言えるだろう。つまらない日常のスパイスに、異界の香りを欲する人々だ。彼らもまた、深夜の道を黄金仮面にさまよい歩いてほしいと思うクチさ。

『フクロウ男らしい人を、私も見ました。新大久保の高架の下に、茶色いコートを着て立っていました。鳴き声は出していませんでしたけど、ちょうどサングラスを外しているところで、妙に大きくてギョロギョロした目をしていました。私に気づいて、慌ててサングラスをかけました』

この書き込みを見た時の僕の気持ちが、君にわかるかな。

天にも昇る気持ちといったら大げさに聞こえるかもしれないけれど、一番近いだろうね。これこそ僕が作り出した幻想が、都市の闇の中で一人歩きを始めた瞬間だったのだから。

この投稿者が、都市伝説のツボを心得ているのも嬉しかった。新大久保の高架下なんて、いかにも怪人がいそうじゃないか。もちろん実際に、こんな人物が本当にいた可能性もある。ごく普通の通行人が、この投稿者にはフクロウ男に見えたのかもしれない。でも、そんなのはどうでもいいことさ。

彼女を皮切りに、フクロウ男についての書き込みが、少しずつ掲示板に増え始めた。初めのうちこそ僕は自作自演を続けて、その流れを絶やさないように気を配った。けれど、きっと人々の琴線に触れる部分があったんだろう、やがてはそんな必要もなくなるほど、書き込みの数が増えていったよ。

僕は親になったことはないけれど、自分の子供が大きくなっていく様子を見る楽しみというのは、あんなものなのかな。僕の作り出したフクロウ男が、電脳世界の回路の中を、羽根を広げて自由に飛び交っているような気がしたよ。

やがて僕は、まったく別の掲示板にこんな書き込みを見つけた。僕が最初に書き込んだもののバリエーションみたいなものだ。

「フクロウ男の話、知ってますか？　近頃聞くようになった都市伝説の一つなんですけど、茶色のコートに白い手袋、ミラーのサングラスをかけた男だそうです。夜になると現れて、ホウホウとフクロウの鳴き声で話しかけてきます。同じ人間の世界にいる仲間を探しているからです。すぐにホウホウと言い返さないと、目玉をえぐり出されます。もしうっかり、チュウチュウとネズミの鳴き声で返したりすると、その場で殺されるそうです。ホントかどうか知りませんけど、怖いですねぇ」

この書き込みには、大いに満足を感じたよ。僕が考えもしなかった新しい情報が加えられていたからだ。

いったいどうすれば〝うっかり〟ネズミの鳴き声を返してしまうのか……という野暮な疑問は置いておくにしても、やはり都市伝説の怪人は、血と殺戮《さつりく》からは逃げられないものなんだね。僕が考えた以上に、フクロウ男は血腥《ちなまぐさ》い存在になった。

特に僕を喜ばせたのは、白い手袋だ。そのディテールに、自分と同じような嗜好を持つ人間の願望が託されているのを感じたよ。二十面相でもあるまいし、さすがに白手袋は今どき流行らない。あえてそれを着けさせたのは、僕と同じアナクロな怪奇趣味の表れに違いないと感じたね。

僕はそろそろ、計画を第二段階に進める時期が来たことを悟った。それが何だかわかるかい？

そう、フクロウ男を現実の世界に出現させることさ。

そもそも僕が作りたかった幻想は、ちょっとした話のタネだけで終わってしまう中途半端なものではないんだ。少年時代の僕が深夜の足音に感じたような興奮を人々に与え、恐れられるものでなければならない。

もしかすると、その怪人は本当にいるのではないか？　コンビニの電飾看板の光が届かない闇で、あるいは眠らない若者たちが終夜走らせる車のヘッドライトから逃れて、そんな禍々しい生き物が、街を密かにさまよい歩いているのではないか？

人々に本気でそう思わせるようなものでなければ、幻想を作り出す意味はないんだ。そのためにはどうしても、フクロウ男を電脳世界から現実世界へと連れ出さなくてはならなかった。実際の都市の中にフクロウ男を出現させ、人々の目に触れさせるんだ。

そのために初めにするべきことは、フクロウ男の衣装を手に入れることだった。

と言っても、フクロウ男は特別突飛なスタイルをしているわけではない。茶色のコートとミラーのサングラス、そして愛すべき同好の士から贈られた白手袋。その気になれば、近所のスーパーですべて揃えることができる。けれど、まっさらな怪人というのも奇妙なものだ。どこか人間離れした雰囲気を演出するためには、細かい工夫がいろいろと必要だったよ。

特にコートは重要だ。どうしてもフクロウの翼をイメージさせる色と質感が欲しい。僕は東京中の古着屋を探し回って、ようやくくたびれた茶色の革コートを手に入れた。サイズがずっと大きくて、細い僕にはマントのようだったが、それがむしろ、いかがわしい雰囲気を作り出すのにぴったりだった。

サングラスも大きめのスキー用のものを、リサイクルショップで買った。白手袋ばかりは新品の物を使うほかはなかったけれど、一度土で汚したものを洗ってくたびれさせた。焦げ茶色の革靴も、わざわざ水に浸けこんで日に干すという作業を何度も繰り返して、いい具合に退色させた。

問題は、首から上だ。君ならわかるだろうが、頭蓋骨が小さく顎が尖っている僕の顔は、いかんせんフクロウらしさが足りない。肌も白くて野生味に欠けているし、髪も中途半端な長さだ。

鏡の前で僕はあれこれ考えた。顎ヒゲでもあれば決まりそうにも思えたが、ちょっと作り過ぎている気がする。わざと顔を汚してみたりもしたが、それもしっくり来ない。結局は、髪をムースで後ろに撫でつける程度のことしかできなかった。コートの襟を立てて、なるべく顔を見せないようにするしかない。仕方ないだろう、仮装行列になってはまずいのだから。

こんな苦労の末にできあがったフクロウ男は、なかなかのものだったよ。さすがに記念写真は撮らなかったけどね。

ようやく衣装が揃ったら、次はいよいよ街に出ての活動だ。僕はさっそくフクロウ男に変身すると、コートを翼のようにはためかせ、すぐさま家を飛び出した……と書きたいところだけど、実際は違う。

僕は衣装一式を鞄にしまい、車で移動した。あらかじめ何箇所か出没地点を決めておき、そこに着いてから衣装を身につけ、ほんの数分、近くを歩き回る——実際の仕事はこれだけだ。あくまでも人に姿を見せるのが目的だから、それ以上のことは必要ないんだ。

我ながら、ご苦労なことだとは思うよ。けれど乱歩の怪人たちも、仕掛けには愚かしく思えるほどの手間と工夫を費やしている。中には、いったいどれほどの時間と資金をつぎ込んだのかわからないような大仕掛けまであるだろう。それに比べれば、ちょっと奇妙な風体で歩き回ることくらい、どうということはないのさ。

もっとも初めのうちは、やはり勇気が必要だった。車からせいぜい五十メートル離れるのが限界さ。法に触れることをしているわけでもないのに、車に戻る頃には冷や汗ビッショリだ。いつも大慌てでエンジンをかけて、逃げるようにその場を立ち去ったものだよ。

けれど、やはり人の心は不思議だね。

何度かフクロウ男への変身を味わうと、次第に度胸がついてきて、少しずつ余裕みたいなものができた。そうなると、その行為が何とも楽しいものに変わってくるんだ。

コスチューム・プレイという言葉を君は知っているかい？　有り体にいってしまえば、子供がやる○○ごっこと何ら変わりのないもので、特定の衣装に身を包み、その役になりきって楽しむ遊びさ。アニメやテレビの登場人物になりきる可愛いものもあれば、鈍くなった大人が刺激を求めて、パートナーに白衣を着せるような歪《ゆが》んだものもある。

僕も以前は、その手の趣味を楽しんでいる人たちを奇異の目で見ていた。けれどフクロウ男になってみて、初めて彼らの気持ちがわかった気がしたよ。

フクロウ男として街角に立った時、僕は素晴らしく自由だった。ほんの数分歩き回るだけなのに、自分の中の過去一切を、車の中に置いて来たような気がした。けして二重人格なんて大仰なものではないけれど、本当に僕の中のフクロウ男が目を覚まし、久し振りに下界の空気を吸っているように思えたよ。

知らず知らずのうちに、僕は首を奇妙に傾けたり捻ったりする動きを加えるようになった。外から見えはしないのに、サングラスの下で目を大きく見開き、眼球をせわしく動かした。白い手袋をはめた両手の指を鳥の足のように曲げ、たびたび「ほーう、ほーう」と声をあげたい衝動に駆られた。

その扮装で暗い街角を歩いていた時、僕は何人もの人に行き合ったよ。けれど、たいていの人はちらりと冷たい一瞥《いちべつ》をくれるだけで、特に驚いている様子も見せなかった。まぁ、もっともな話だ。誰もが多かれ少なかれ神経をやられている現代では、奇妙な人間はさして珍しくもない。ちょっと変だと思える人間は、当たり前にいるからね。

僕は時間の許す限り、遠くまで足を延ばした。長い時間とガソリン代を費やして出かけていき、変身するところを人に見られないように細心の注意を払って、ほんの数分の怪物を楽しんだ。まともな神経を持つ人から見れば、とても理解できない行為だろうね。

そんな地道な努力を繰り返すうちに、どうやら少しずつフクロウ男を現実世界に引き寄せることに成功したようだ。いつもの掲示板への書き込みが、すさまじい勢いで増えたんだ。

『フクロウ男、見ました！　群馬のT駅の近くにある地下道の階段に、茶色の大きなコートを着た男が、ずっと立っていました。一緒にいた友だちは、ぜったいにフクロウ男だと言っています』

『三日ほど前、八王子の住宅街に茶色のコートにミラーのサングラスをかけた不気味な男が歩いているのを、妹が見ました。男は鳥のように首をカクカク動かしていたそうです。絶対フクロウ男でしょう」

「昨日、娘の行っている小学校の近くで、大きな茶色のコートにサングラス、頭をオールバックにした若い男がうろついていたとか……ただの変質者？　それとも噂のフクロウ男かしら。どっちにしても超ヤバイ」

日に日に増殖していく書き込みを見ながら、僕は一人悦に入っていたよ。

ただ、ちょっとした不満もあった。電脳世界では多少は有名になったようだが、それ以外ではどの程度噂が広まっているのか、どうにも判断できなかったことだ。

幼い頃、自分が都市伝説に感じたような興奮を、うまく人に与えられているんだろうか。子供たちの間で、熱っぽい話題になっているのだろうか――それを確かめる方法がなくて、切ない思いをしていたんだ。

それが具体的にわかったのは、コスプレ巡業を始めて三か月ほどが過ぎた頃だ。

春の夕暮れどき、東京と埼玉の県境の土地だった。すぐ近くを高速道路が走っていて、あまり人が歩いていない住宅街の外れだ。

その頃、僕はフクロウ男になるのにすっかり慣れて、車からかなり離れた場所まで出歩くようになっていた。まだ完全には暗くなっていない頃だったから、サングラスをかけていてもよく風景が見えたよ。

いつものように首を小刻みに動かしながら歩いていると、ふと背後に人の気配を感じた。普通なら僕が人の後ろにつくのがセオリーなのに、その時は逆に、僕が後ろを取られていたんだ。

振り返ると中学生くらいのメガネの女の子が、じっとこちらを見て立っていた。薄暗い一本道、先を歩いている僕が怪しげだったので、様子を探っていたんだろう。大きく見開いた目は確かに不安げだったけれど、どこかで何かを期待しているような輝きが、はっきりと現れていた。

僕はすぐに悟ったよ。

あの子はフクロウ男の話を知っている。きっと学校の休み時間に、フクロウ男の話題で友だちと盛り上がったことがあるはずだ。だから同じ姿をしている僕が、果して鳴き真似をするのかしないのか、じっと息を詰めて様子を見ているんだ。

もちろん、僕はためらった。

すっかりフクロウ男になりきったような気持ちだったけれど、それはさすがにやり過ぎのような気がしたんだ。下手をすれば、自分自身で幻想をぶち壊しにしてしまうかもしれない。

だが、もしうまく行けば、あの子は初めて本物のフクロウ男に出会った人間になる。そうすればきっと、僕が深夜の靴音に感じていたようなわくわくする気持ちを、あの子は一生涯持ち続けるだろう。そしてフクロウ男もまた、彼女の心の中で消えることなく生き続ける。それこそが、真の都市伝説の完成だと思わないか？

「ほーう、ほーう、ほーう」

数秒の逡巡《しゅんじゅん》の後、僕は意を決して呼びかけた。

「ほ……ほーう、ほーう、ほーう」

彼女は怯えながら、必死の形相で鳴き返した。

「ほーう、ほーう、ほーう」

再びの呼び掛けに、彼女は輪唱するような勢いで応えた。さらにもう一度繰り返しても、同じように鳴き返した。

それまでに味わったことのないような満足感が、心をいっぱいにしたよ。その瞬間、間違いなく僕は、都市伝説の登場人物になったんだ。異界から来たフクロウの化身、フクロウ男に——あまりの嬉しさに、背中がぞくぞくしたね。

やはり怖かったのか、突然こちらに背中を向けると、女の子は凄まじい勢いで来た道を戻っていった。怖いのは僕も同じだ。ここで誰かに捕まったりすれば、すべては水の泡になる。大慌てで車に戻って、すばやくその場所を離れたよ。

ハンドルを握りながら、僕は大いに笑った。

きっとあの子は家に駆け込み、息も絶え絶えに僕のことを家族に語るだろう。大人は、ただの変質者だと思うかもしれない。けれどあの子は、噂のフクロウ男に遭遇したと信じるだろう。恐怖を感じながらも、噂で聞いていた通りの事件が自分に起こったのを、どこか誇らしく思ったりもするかもしれない。

あぁ、僕はあの子がうらやましい……。

## 3

僕自身が驚くほど、フクロウ男は有名人になった。

インターネットで検索すると、なまじっかな文化人よりも、よほど多くヒットした。深夜テレビで紹介されたり、児童雑誌のカラーページで想像図が描かれたりもした。都市伝説としては、十分過ぎるほど成長したと言っていいだろう。ここでやめておくのが、もっともいい終り方だっただろうね。

けれど、僕はやめられなかった。何かのテレビで取り上げられた時、心理学者だか評論家だかに、つまらない解釈をされてしまったのが大いに気に障ったからだ。

どんな魅力的な都市伝説も、メジャーなマスコミに取り上げられると、本来の神秘性を失ってしまうものだ。彼らは心理学だの民俗学だのを持ち出して、伝説を分解、漂白してしまうからね。『赤マント』は都市化への不安の表れであるとか、『口裂け女』は思春期の青年が持つ性に対する畏怖の象徴であるとかいうやつさ。同じように彼らは、フクロウ男を『自然破壊に対する後ろめたさの表れ』の一言で片付けてしまった。よりによって、芸のない理屈をつけたものだ。僕はテレビの前で、思わず笑ってしまったよ。

本当に連中はつまらない。的はずれな分析をした挙句に強引な結論をつけて、いったい何が面白いんだろう。臨死体験者が見るという死後の世界の姿が、すべて酸素の欠乏と脳内物質によって引き起こされた幻覚だと決めつけてしまうのと同じくらい、夢も希望もない理屈だよ。

きっと君にはわかってもらえるだろうが、明るい照明に満ちたステンレス張りの世界では、人間は長く生きられないと僕は思う。

なぜなら人間には、幻想が必要だからだ。幻想があるからこそ、人間は自分が意味なく生きている事実も納得できるし、それでも生きていていいのだと思うことができるのさ。だって人間の命もまた、人知を超えた幻のようなものなんだもの。

だから幻想は幻想のまま、伝説は伝説のままにしておくべきなんだ。『赤マント』は子供をさらうために、電柱の陰や学校のトイレに潜み続けていればいい。『口裂け女』は、整形手術に失敗して醜くなった口をマスクで隠しながら、子供たちを追いかけ続ければいい。『テケテケ』は上半身のみの姿で、学校の窓から寂しげに外を見下ろしていればいいんだ。

だから僕も、フクロウ男をやめなかった。

とても常人には理解できない心理かもしれないが、それこそ僕は命懸けになっていた。もしフクロウ男の時に捕まるようなことがあれば、その場で命を絶ってもいいとさえ思っていた。

だからあの事件も、起こるべくして起こったんだよ。

あれからずいぶん経ったというのに、あの日の出来事は、どんな些細なことも覚えている。

僕はその日、奈良県の小さな神社の境内をさまよっていた。賑やかな観光地ではなく、あたりが田畑に囲まれた、静かな丘の上にある神社だ。

そんな田舎にまで足を延ばしていたのかと、君は驚くかもしれない。何せフクロウ男は神出鬼没なのだから、時々は思いがけない場所にも出現しなければならないんだ。とりあえずは働かなくても食べられるだけの余裕が僕にはあったし（さすがにいつまでも、というわけにはいかないが）、長い間家を空けても不審に思う家族もいなかった。だからこそできる地方公演さ。

県内の他の寺社同様、その神社も古い歴史と伝統を持っていたに違いないが、規模が小さく、普段は周囲の住民からも忘れられているような風情だった。特に細かな雨が降っていたせいか、境内にはまったく人影がなかったよ。

人に姿を見せるという本来の目的を考えれば、そんな辺鄙《へんぴ》な場所にいる意味は何もなかった。さっさと撤収するのが賢明だったはずだが、僕はその場を離れ難かった。

考えてみてごらん。何せ逢魔《おうま》が時の雨の神社だ。頭上には重たげな雲が垂れこめ、吹きつけてくる雨が古い革のコートをしっとり光らせている。まわりの木々も風になぶられて、慌てふためくような音を立てている。異界の住人が姿を現すのには、最高の舞台装置だとは思わないかい？

その状況に刺激されて、僕の心も高ぶっていた。もし誰かが来てくれたら、最高のフクロウ男を演じる自信があった。だから、その場を引き揚げる気に、なかなかなれなかったんだ。

（誰でもいい、早く姿を現せ）

この僕の願いを聞き入れてくれたのは、神様と魔物の、どちらなんだろうね？ 焦《じ》れた気分でじっと待っていると、神社の階段を登り詰めて小学生くらいの女の子が境内に入ってきた。いったい何の用があるのか、あんな寂しい時間の寂しい場所に一人でやって来たんだ。立ち尽くしていた僕は、真正面からその子と向き合う形になった。きっと待ち構えていたように見えただろうね。

赤い傘をさした女の子は僕の姿を見て、一瞬泣き出しそうに顔を歪めた（不思議なのだけれど、あの時なぜか彼女の顔がよく見えた。僕はサングラスをかけていたのに）。茶色のコートにサングラス、白手袋が何を意味しているか知っていたんだろう。

ほんの数秒、僕と彼女は無言で見つめあった。その目は不安に満ちていた。だがやはり、いつかのメガネの子と同じように、かすかな期待の色が浮かんでいるのを僕は見逃さなかった。

僕は喜び勇んで呼びかけたよ。

「ほーう、ほーう、ほーう」

女の子は困惑したように、フクロウの鳴き真似を返した。

その声を聞いた時、何だか嫌なことが起こるような気がした。このまま呼びかけをやめて逃げた方がいい……という考えが、心をかすめたんだ。けれどフクロウ男の約束を、自分で違《たが》えるわけにはいかない。僕は呼びかけを続けるしかなかった。

「ほーう、ほーう、ほーう」

三度目の呼びかけで、それは起こった。

「……チュウ、チュウ、チュウ」

どこか笑ったような目で、彼女は答えたんだ。

凍りついたのは僕の方さ。

（どういうつもりなんだ？　フクロウ男の呼びかけにネズミの鳴き声で返すと、その場で殺される決まりなのに）

サングラス越しに女の子の目を見て、ようやく悟ったよ。

彼女は伝説に唾を吐きかけたんだ。僕がただの人間だと見切って、その目でこう言ったんだ――どうせ、おふざけなんでしょ。

君にもわかるだろう？　伝説の天敵は常識でも科学でもなく、揶揄《やゆ》なんだ。皮肉な笑い一つで、赤マントも口裂け女もテケテケも現実世界の巨大ミキサーに放り込まれ、粉々に砕かれてしまう。もちろん僕のフクロウ男だって、例外じゃない。

（そうなんだ……おふざけなんだ。どれもこれも、みんなただの作り事なのさ）

僕の中の人間が、彼女の冷ややかな笑みに気弱な声で答えようとした。それを僕が口に出すことは、幻想の終りを意味している。その瞬間に、フクロウ男は死ぬのだ。

ここまでか、と思った時だ。

「ほうほうほうほうほうほう」

どこかで鳥の羽ばたきのような音が響いたかと思うと、続いてフクロウの鳴き声が聞こえた。遠くじゃない、耳のすぐ近くだ。

それを聞いた瞬間、みぞおちあたりが燃えるように熱くなるのを感じた。何かが僕の内側で猛り狂っている。抵抗をまったく許さない圧倒的な力で、そいつは僕の胸を突き破ろうとしている。

やがて僕は見たよ。突然胸から飛び出してきたフクロウの鉤爪《かぎづめ》が僕の弱腰を引き裂き、勢い余って彼女の細い首に絡みついたのをね。

彼女は悲鳴をあげることさえできなかった。僕の視界の端に、風に飛ばされた赤い傘が石の階段を転がり落ちていくのが見えたよ。

「ほうほうほうほうほうほう」

何のことはない、鳥の羽ばたきのような音は、コートの裾が風になぶられていた音だ。フクロウの鳴き声が流れ出ていたのは、僕の口からだ。

両手で細く白い首を力いっぱい絞め上げながら、僕の首は鳥のように小刻みに動いた。命を終わらせられる苦しみから逃れようと彼女は懸命に手を振り回し、それが当たってサングラスが弾け飛んだ。

その時、大きく見開いた目で、彼女はきっと見たはずだ。らんらんと金色に輝く、大きなフクロウの目を――確かに見たはずだ。

あれからかなりの時間が過ぎたけれど、警察がこの件で僕の家の呼び鈴を鳴らしたことはない。少なくとも今日まではね。

無理もないだろう。何せ僕は被害者に恨みはおろか、面識さえなかったんだ。彼女の首筋の手の跡のほかには、何一つ現場に残していない。それにあの土地は、僕にとって縁もゆかりもない通りすがりの町だ。いくら警察が優秀だと言っても、どうすれば僕にたどり着けるだろう？

近くの森の道にとめた関東ナンバーの車を見られていたらまずいが、その点は安心していいと思う。初めから、なるべく人目に付かないようにしていたからね。伝説を守るための用心が、思いがけず役に立ったというわけさ。

さらに僕にとって幸運なことは、この事件にフクロウ男が関わっていることを世間に知ってもらえた点だ。

事件の起こる少し前に、神社の方に歩いていく茶色いコートにサングラスをかけた男の姿を、近くの農家の老婦人が目撃していたんだ。彼女はフクロウ男の噂をまったく知らなかったが、だからこそ、その証言は伝説の箔《はく》づけに大いに力を発揮したよ。

しばらくの間、例のインターネットの掲示板は、その噂で持ち切りだった。

それはそうだろう。今まで数多く登場した都市伝説の怪物たちの中で、実際に伝説の中から抜け出して殺人を犯したものは、ただの一人もいなかったんだから。

インターネットの素人探偵たちのもっぱらの意見は、フクロウ男の噂を聞いた変質者が、そのコスプレをして少女を襲ったのではないかというものだった。

確かにそれはもっともな意見だ。戦前『赤マント』の噂が広まった時に、同じような扮装で街を徘徊《はいかい》した男がつかまったらしいし、『口裂け女』の時も、やはり真似をして逮捕された女性がいたらしい。もっともその女性の場合は、扮装は別に問題ではなく、包丁を持っていたのがまずかったらしいよ。やはり『口裂け女』なら鎌でなければならないよね。

これ以後、フクロウ男を警戒する動きが日本中に広がった。

事件があった地域では、子供たちは集団で登下校するようになり、放課後もなるべく外で遊ばないようにという指導がなされた。それ以外の地域でも警察のパトロールが強化されたり、各学校のPTAが放課後、学区域内の見回りを始めたというニュースが新聞の紙面を飾った。

願望は達成された。

僕は都市伝説の怪人となり、子供たちの悪夢となり、親たちに不安と恐怖を与えるモンスターになったんだ。

公園で夢中になって遊んでいた子供たちは、いつのまにかあたりが暗くなっていたのに気づいて、うろたえるだろう。

「フクロウ男が来る、早く家に帰らないと」

夜中まで遊んでいる若者たちは、細い路地裏を一人歩いている男を見て、恐怖に足を鈍らせる。

「あいつ、もしかしてフクロウ男じゃないのか?」

彼らは語り伝える。異界からやって来た、フクロウの化身の伝説を。

「あいつは本当にいるんだ……本当に人を殺すんだ」

伝説は語り継がれ、僕自身がこの世を去った後も残るだろう。あのイサオのように、別の命を授けられた僕が、いつまでもこの世界にとどまり続けるのだ。

そこで僕は、満足するはずだった。

あとは事件の証拠物件になり得るフクロウ男の衣装を処分し、ごく当たり前の生活に戻ればいいだけだ。

けれど、ダメなんだ。

この事件以来、それまで感じたことのなかった別の強い欲望が僕の中に生まれ、恐ろしい早さで育っていったんだよ。

たとえば君も健康な男性なら、女性の柔肌に触れたくて矢も盾もたまらない気分になる日があるだろう？　不埒《ふらち》な心が頭をもたげて、どうにもならない夜があるだろう？　あれと同じような感覚さ。焦げるように熱い渇きが突然に襲って来て、いてもたってもいられなくなるんだ。

そう、僕は人殺しの快感にとり憑《つ》かれていたんだよ。

一度でもそれを経験した者は、あの感覚を忘れることはできないだろうね。その人間が生きていた歳月、これから生きていくはずだった時間が、自分の手の中で萎《しぼ》んでいく――それを感じる時の気分は、とても口では言い表せない。同時に心に押し寄せてくる万能感は、きっとどんな薬物を使っても得られはしないだろう。あの感覚こそ、人外のフクロウ男にはふさわしいものだったよ。

もちろん僕だって、その快感への欲求に抗《あらが》いはした。それに従うことがどんなに危険かも承知していたし、流されない意志を僕は持っているはずだった。けれど日が落ちるたび、僕の中にいるそいつが、奇妙な鳴き声で呼びかけるんだ。ほうほうほう……という音の連呼に過ぎないけれど、僕にはその意味がよくわかったよ。

（また殺さないか？）

あいつは、そう誘っていたんだ。

その誘惑に負けてしまうまで、たいした時間もかからなかった。僕のかぶっていた人間の皮なんて、ごくごく薄い膜くらいしかなかったのだろうね、きっと。

再び人の命を奪うことを、僕は決意した。やるからには、フクロウ男の名声がさらに上がる形でなければならない。フクロウ男は、断じて『自然破壊に対する後ろめたさの表れ』などというふざけたものではなく、異界からやって来た怪人であることを世間に知らしめるのだ。

もちろん、警察に捕らえられるようなことは絶対にあってはならない。僕自身、そんな事態はまっぴらだという気持ちもあるけれど、何よりフクロウ男が、一皮剥けば親もいて戸籍もある、ごくありふれた人間だという事実を晒《さら》したくなかったんだ。

一度心を決めてしまうと、僕はすぐに計画に取りかかった。問題は、誰をどこで殺すかということだ。

（また行きずりに殺すか？）

それがもっとも安全な方法のように思えた。だが、フクロウ男の名声をあげるためなら、人の少ない田舎ではあまり意味がない。どこにでも人がいる都会では、姿をまったく見られないようにするというのは困難だ。

では、どうするか？

しばらく考えて、すぐに思いついたよ。初めから、警察の手が伸びても大丈夫なようにしておけばいいんだ。どういうことか、わかるかい？　怪人二十面相の得意技を、ちょっと拝借してみようということさ。

つまり最初から別の人間として、どこかの町で普通に暮らすんだ。チャンスを見計らい、目的を達成して撤収するまで、毎日二十四時間、作り出した別の人間として生活する。そうすれば、痕跡なんかいくら残したって構わない。むしろ残せば残すほど、実際の僕にはたどり着けなくなるだろう。

そんなことができるのかって？

現にできたじゃないか。

## 4

僕は半月かけて、入念に架空の人格を作った。

作家が登場人物を作るように（と、よく聞くけれど、本当にそんなことをしているんだろうかね？）、名前、生年月日、学歴、家族構成、趣味……と考えていき、さらには人生観、好きなタイプの人間、子供や老人に接する時の態度、休日の過ごし方、今までの人生で印象的だった出来事ベストテンまで考えた。もちろん、それらのことはインターネットで検索したり、実際に現地まで行って調べたりして、絶対にボロや矛盾が生じないように気を配ったよ。

架空人格が完成したら、ノートの内容を徹底的に頭に叩き込んだ。むろん完璧に覚えた後、ノートは焼却処分だ。

僕は新しい住まいを、かねてから住んでみたいと思っていた東京の根津に決めた。

もちろん架空人格としてアパートを探し、入居の際に求められた住民票の写しはパソコンで偽造した。実物を求められたら困っていたところだけど、かなり年の行った不動産屋の主人がコピーでも構わないと言ってくれたので、大いに助かったよ。

君は根津のことを雑然とした古臭い街だと言ったけれど、僕にとっては、あそこはこの上なく魅力的な街だった。あの街は乱歩の作品舞台になった場所へ、散歩がてら気楽に行けるんだ。

たとえば上野の東照宮五重の塔は二十面相のアジトだったし、夜の上野公園では女の片足を持った一寸法師が徘徊した。谷中では美人女優が惨殺されたし、明智小五郎が初登場する『D坂の殺人事件』の現場は、本郷の団子坂だ。

乱歩作品をリスペクトする僕としては、ぜひともフクロウ男を上野界隈に出現させたいという茶目っ気もあったというわけさ。

君と出会ったのは確か十月の雨の日、異人坂下のお化け階段だったね。僕は根津に移ったばかりで、あちこち散歩して遊んでいた頃さ。

お化け階段は下から数えれば四十段、上から数えれば三十九段になる不思議な階段だった。路地の突き当たりにあって、幅は一メートルあるかないかの狭さだ。僕は初めて見たものだから、すっかりその不思議が気に入ってしまって、何度も登ったり下りたりしていたよ。

「その階段、面白いでしょう」

君の第一声は、こんな風だったかな。

今思えば、見ず知らずの人間に声をかけるなんて、君にしては珍しい出来事だったろうね。君は熱血漢だが、照れ屋でもあるから。

「階段の初めと終りにある薄っぺらい段が曲者でしてね。そこを一段と数えるかどうかで、段数が変わるんですよ」

やれやれ、なんてヤツだ。せっかくこっちが不思議を楽しんでいるのに、さっさとネタばらしをしてしまうなんて——きっと女にもてないんだろうな、と僕は思ったよ。

けれど、ひょろりと背が高いところと、パーマがかかったぐしゃぐしゃの髪が、初期の明智小五郎のようだと感じたのも本当さ。どこか知的な雰囲気も漂っていたしね。

君は雨だというのに、サンダルを履いていた。おそらく近くに住んでいるに違いないと思った僕は、君に東大の学生かと尋ねた。お化け階段の先には学生寮があったし、異人坂から弥生坂へと登りつめて行けば、東大のキャンパスがある。

「ええ、工学部です」

君はどこか面倒臭そうに答えた。僕はその瞬間、君と友だちになろうと思ったよ。何だかんだ言っても、高学歴者は社会から（いや、ただ単に官憲から、かな？）信用されるものだ。付き合っていればいい隠れ蓑になるだろう。東大生の君を殺せば結構インパクトあるかな、とも思ったけどね。

「池之端のコンビニにいる人ですよね」

君はどこか照れくさそうに僕に尋ねた。

「買いに来たこと、あるんですか？」

「えぇ、家から一番近いコンビニですから」

僕がそのコンビニで働き始めたのは、君と会う一週間ほど前だ。別に金が必要だったわけじゃなく、あくまでも街に溶け込むための手段の一つさ。いくらのんびりした街でも、昼間から若いのがぶらぶらしていれば、それなりに目立ちもするからね。僕の架空人格は至って真面目な人間だったので、履歴書一枚で何の問題もなく雇ってもらえたよ。フリーターと称して腰を落ち着けない若者がゾロゾロいる今の風潮も、幸いしたね。

お化け階段で出会った日から、僕らはよく一緒に遊ぶようになった。君は夕方になると僕の勤めているコンビニに顔を出すようになり、時々は一緒に食事をしながら、いろいろな話をしたものだ。思い返しても、楽しい日々だったよ。

ついでに言うと、あのS田さんと出会ったのもそのコンビニさ。彼女は午前中から夕方まで、パートタイマーとして働いていた。面倒見のいい、姐御肌《あねごはだ》の人でね。勤務時間が同じだったから、僕は仕事の大半を彼女から教わったんだ。

彼女は、ギャンブル狂いの夫と離婚して、二人の女の子を女手一つで育てていた立派な人だった。年は三十二と自称していたけれど、実際は三十八だと新聞で見たよ。

とてもいい人だったのは間違いないが、唯一の欠点は、やたらと人の体に触りたがる癖があったことだ。何かにつけて肩や腕に触ってきて、正直、僕はけっこう悩まされていた。

「恋人はいるの？」

「やっぱり若いっていいわね」

そんなことを言いながら腕なんか撫でられた日には、危うく悲鳴をあげそうになったものだよ。

そうそう、彼女の二人の娘にも困らされたな。

S田さんには小学六年と二年の娘がいたんだけれど、毎日四時頃になると、二人そろってコンビニに顔を出すんだ。学校から帰ってきて、おやつが欲しいって時間さ。S田さんは売り場から好きな物を取らせてお金を自分で払うんだけど、娘たちは他の店員の目を盗んで、ちょくちょく別の物も持って行ってしまうんだ。S田さん自身も気がついていたようだけれど、それについて何か言うことは、ついぞなかったな。

コンビニの店長はとっくにそれに気づいていたが、面と向かっては切り出せないものだから、僕にそれとなく注意しておいてくれ、なんてこぼしていた。けれど、言いにくいのは僕だって同じさ。だから僕も、娘さんたちのことは見て見ぬふりをしていたよ。

そういう態度がいけなかったんだろうね。暗黙の了解というやつで、S田さんは僕を〝自分側の人間〟と認めてしまったようで、ますます馴れ馴れしくなってきた。前にもまして体に触りたがったし、何度もお酒に誘われたよ。ただの一度も行かなかったけどね。

こうして思い返してみると、根津での生活も悪くはなかったな。住んでいたアパートのぼろさには辟易《へきえき》したけれど、君という友だちにも恵まれたし、あのまま一年くらい生活してみるのも楽しかったかもしれない。まったく別の人格で生きていくというのも、なかなか面白いものだったしね。すっかり気分は二十面相……なんて言い方は、ちょっとふざけ過ぎているかな。

何より、君は本当にいい友だちだった。

少なくとも君と一緒にいる間、不愉快な思いや退屈な気分を感じたことは一度もない。読書家で議論好きだが、詮索はしないタイプだったのも良かった。

きっと君と僕という人間は、波長が合ったんだろう。話しているうちに、僕は素に戻ってしまいそうになることが度々あって、架空人格を制御するのに苦労したくらいだよ。

君は単純な熱血漢でありながら、妙に精神世界の話が好きだったね。その手の話を突き詰めていけばオカルティズムにたどり着きやすいのだけれど、君もスウェデンボルグやブラバッキー夫人といった、マニアックな人物名がすらすらと出てくる人だった。

実際の僕は、君に劣らずその手の話が好きだ。けれど架空人格のオカルト知識を、わざと反対の『人並み以下』に設定していた。だから君の話に素っ気なく対応しなければならなかったのは、今でも申し訳ないと思っているし、僕自身の後悔の種でもある。

君が話した中で一番気に入ったのは、人間の『変態能力』についての話だ。もちろん変質者を蔑称する方の意味ではなく、体の状態を変える方の変態さ。

「どこまで本当かわからないんだけどさ」

あの時、君はいつものように言った。その手の話題を切り出す時、君は決まって、そんな風に前置きしていたね。

「蝶々や蛾は、幼虫と成虫ではまったく違う形をしているだろう？　考えてみると、あれは凄いことだ。姿かたちはもちろん、食べ物から生活空間まで、がらりと変わってしまうんだから」

確か十一月の終り頃、日の落ちかけた不忍池のほとりを歩きながらの会話だった。僕らはよくあの界隈を散歩したものだ。

「幼虫から成虫になる時に蛹《さなぎ》になるけど、あの中で幼虫は一度とろけたような状態になって、体を再構築するそうだよ。だからその時期の蛹を切って開けてみると、中からドロドロしたものが流れ出てくるだけで、虫の形はまったく無いらしい」

「まさか」

「いや、僕だって信じられないけど、この間読んだ本に書いてあったのさ。それで、もっと面白いのは」

どの程度話について来ているかを確かめるように、君は僕の顔をのぞきこんで言った。

「何でも人間の体にも、蝶々や蛾が変態するのに使うのと同じ部品が揃っているらしいよ。だから、脳の指令なり環境からの必要に迫られたりすれば、人間も変態できるかも知れないって」

君は極力やさしい言い回しを使って説明してくれた。今となっては、細胞の中に変態のための部品が揃っているのか、遺伝子の中にそういう情報があるのか、詳しく聞いてみたいところだ。

「それで、ちょっと考えてみたんだけどね。ほら、人間はふだん脳の三十パーセントくらいしか使っていないってよく言うだろう？　残りの七十パーセントを目覚めさせることができれば、天才的な頭脳になるんじゃないかって話だ。でも、もしかしたら、それは違うんじゃないかな？」

この時の君は、すばらしい発見をした科学者のような顔だった。

「もしかするとそれは、人間でいる時には三十パーセントしか使わなくていい……ということじゃないかな？　あとの七十パーセントは、何か別のものになった時に使う部分だとしたら」

「何か別のもの？」

「うまくは言えないけど、人間を超えた何かさ」

君の言葉に、僕は思わず足を止めたよ。架空人格でいる時は、笑顔一つさえ十分に意識して浮かべなければならないけれど、その時は反射的に頰が緩んでしまった。

「ははは、そんなわけはないか」

君はその笑顔を、違う意味にとったようだ。けれど、その時の僕の笑顔は、まさしく心からの喜びの表情だったんだよ。

（そう、そう、そうなんだ。まったくその通りだ）

僕の中に起こった変化を、君は偶然にも、実にわかりやすく説明してくれた。正直、インターネットに書き込みをしてから、その日に至るまでの自分自身の変化に、まったく戸惑いを感じないということはなかった。奈良の事件に関して、一片の後ろめたさも持たない自分が恐ろしく思える時もあったんだ。けれど君のその説明で、理解できたよ。

僕は変態したんだ。人間という幼体から、フクロウ男という成体に——さしずめインターネットの電脳空間が、僕にとっての蛹だったのかも知れない。

だから、殺すことに罪悪感を持つのは変だ。蝶になれば葉っぱを食べなくなるように、フクロウ男が殺戮《さつりく》に疑念を感じないのは、まったく自然なことなんだ。

まさかそれを、君から教えられるとは思わなかった。だから僕は、笑ってしまったのさ。

君の説で言うなら、あの頃の僕の脳の中はどうなっていたんだろう。おそらく本来の人格に三十パーセント、架空人格に十パーセント、そしてフクロウ男として残りの六十パーセント……という配分で使っていたような気がする。だからフクロウ男が一番強いのは、しょうがないことだろうね。

もし君の言う通り、体の中にすべての部品が揃っているのなら、僕もやがてはフクロウに変わっていくのだろうか。闇の中でも見える目を持ち、柔らかな獲物を引き裂く鉤爪を持つのだろうか。もしそうなったら、どんなに素敵だろう。

あの時僕は、よっぽど叫びたかったよ。

「ほうほうほうほうほうほうほうほうほうほう」

## 5

「フクロウ男って知ってる?」

十二月に入ったある日、コンビニにやって来たS田さんの上の娘さんが、レジにいる僕に聞いてきた。彼女はどことなく、奈良の女の子に面影が似ていたよ。

「知ってるよ。近頃、有名だね」

僕はレジ台を雑巾で拭きながら答えた。

すでに彼女のポケットに小さなキャンディーが隠されているのに、僕はとっくに気づいていた。妹の方は、文房具のコーナーで何やら物色している。姉が必要以上に話しかけてくるのは、僕の注意を引きつけるためだろう。

「うちのクラスに、見たっていう人がいるんだ。玉林寺の近くを歩いてたんだってさ」

なるほど、あの界隈ならフクロウ男が歩いていてもおかしくはないな……と僕は思った。善光寺坂の途中にあるそのお寺のまわりは、夜になると真っ暗だ。夜目の利く怪人には、うってつけの出現場所だろう。

言うまでもないが、それは僕じゃない。根津に移ってから僕は、フクロウ男の姿を外に晒《さら》したことはなかった。計画前に噂を広げて、警戒されるのを避けるためだ。だから彼女が言っていたのは、純然たる噂に違いない。

「信じてる？」

僕は冗談めかして尋ねた。

「まさか。あんなの嘘に決まってるよ」

知ったかぶった態度で姉が答えた時、妹の方がレジにやってきた。そのスカートのポケットにキャラクターものの消しゴムを滑り込ませるのを、僕はとっくに目の端で見ていた。けれど当然、いつものように見て見ぬふりさ。

「その子、いつもそんな風に、人の気を引くようなことばっかり言ってるんだ。目立ちたがりなのよ」

あぁ、そういうことかと僕は笑った。フクロウ男の存在はともかく、友だちの言葉が信じられないわけだ。あの年頃の女の子は、何かとライバル心が強いものだね。

「フクロウ男が本当に出たら、どうする？」

姉妹の選んできたお菓子をレジに通しながら、僕は尋ねた。

「そりゃあ、もちろん、サインをもらうよ」

「私も！」

声を弾ませて姉妹は答えた。やれやれ、フクロウ男はいつのまに芸能人になったんだろう。

「じゃあ、お金はお母さんからもらっとくから」

お菓子の袋を僕から受け取っても、姉妹はなかなかその場を去ろうとしなかった。万引きした品をポケットに入れたままで、たいした図太さだよ。

僕はふと思いついて、レジカウンターの横に陳列してある安物のサングラスの中から、ミラーのものを選んでかけた。

「ほーう、ほーう、ほーう」

姉妹に顔を近づけて、いつものように鳴いてみた。姉妹は顔を見合わせ、うれしそうにピョンピョン飛び跳ねながら鳴き返したよ。

「チュウ、チュウ」

「チュウ、チュウ、チュウ」

なるほど、そっちを選ぶんだね。

騒ぎながら店を出ていく姉妹を見ながら、僕は少し笑った。

実を言うと、この頃、僕は悩んでいた。本来の計画がなかなか進められなかったからだ。

根津に来たのは十月初めだ。計画では、遅くても二か月以内に目的を果たし、撤収することになっていた。あまり長くいると、ぼろが出る恐れがないとも言えない。けれどすでに、予定を二週間以上もオーバーしていた。もう十分過ぎる時間を使っている。やるべきことをやってしまって、すぐにでもこの町を去るべきだ。だが僕は、それをいつと決めることがなかなかできなかった。

なぜだかわかるかい?

計画を実行するということは、そのまま君との別離を意味していたからだよ。そう、僕は……君と離れるのが嫌になっていたんだ。

君は本当にいい友だちだった。君と一緒に過ごしていると、僕はとても伸びやかな気持ちになったものさ。自分でも存在に気づかなかった心の中の水路に、清らかな水が注ぎ込まれているような気がするほどにね。

君と楽しい時間を過ごした後、僕は一人の部屋で、よくイサオのことを思い出した。

『ほーう、ほーう、ほーう』

滑り台のてっぺんやジャングルジムの上から、みんなに呼びかけていたイサオ。そこにいる子供たちに、一緒に遊ぼうと言っていたんだ。けれど、それに応えてくれるものは誰もいなかった。彼は、どんなに寂しかっただろうね。どんなに孤独だったろうね。

もう十何年も昔のことなのに、その時の彼の心がやっと僕にもわかったような気がした。君に会えなくなったら、きっと僕も同じような孤独を感じるに違いない。

その時が来るのを怖く感じるほど、僕は君との時間に喜びを感じていた。この日々がなるべく長く続けばいいと思っていたんだ。

敬愛する乱歩の作品に『目羅博士』という短編があってね。これは作者と思《おぼ》しき作家が、不忍池のほとりで風変わりな青年から奇妙な体験談を聞くという体裁《ていさい》の物語なんだ。僕もその青年のように不忍池のほとりで、君にすべてを話してしまおうかという衝動に駆られたことが何度もあるんだ。それも悪くないかと思ったよ。きっと君なら、僕の幻想への傾倒も理解してくれるだろう。

けれど僕は物語の人物とは違って、現実の罪を背負ってしまった人間だ。正義感の強い君が、僕を警察に突き出さないはずがない。

何より僕を見る君の目が、恐れに満ちたものになるのが嫌だった。君の中に拒絶の意思を見て取った瞬間、僕はフクロウ男の本性を現して、君を手にかけてしまうだろう。それだけは、どうしても避けたかった。

「良かったらクリスマス・イブ、うちに来ない？」

悩んでいた矢先、S田さんにそう声をかけられた。クリスマスの、ほんの数日前だ。

「子供たちとパーティーするんだけど、ああいうことは賑やかな方が面白いじゃない」

「悪いですよ、家族だけで楽しんでるところをお邪魔しちゃ」

考えるまでもなく、これはチャンスだった。奈良の女の子の時のように、誰かが僕の願いを聞き入れて、お膳立てを整えてくれているのではないかと思ったくらいさ。

けれど正直なところ、その時でも僕の中には一抹の逡巡があった。もう少し、この町にいたい。もっと君と話がしたい。

「いいのよぉ。子供たちも、あなたなら是非来てほしいって言ってるんだからぁ」

「いや、でも」

やはり断ろうと口を開きかけた時、僕は確かに見たよ。

万引き防止のために、あの店の壁のあちこちに鏡がはまっているのは君も知ってるだろう。その中の一枚、カウンターからほぼ右正面に見える鏡の中に、僕が映っていた。その背後に、大きな茶色のコートを着て、ミラーのサングラスをかけたフクロウ男の姿が――。

目の錯覚には違いない。けれど、なぜそれが見えたのか、僕にははっきりとわかったんだ。

（いつまで待たせるんだ……？）

フクロウ男は、そう言いにきたんだ。その瞬間、どこか遠いところで、鳥がはばたく音を聞いたような気がしたよ。

「じゃあ、うかがいます」

S田さんに答えた自分の声が、まるで脳も心も通らずに出てきたように僕には思えた。

彼女は豊かな胸を押し当てるように、僕の腕に抱きついて笑ったよ。

「最高！　きっと楽しくなるわね！」

君と最後に会ったのは、クリスマス・イブの前日だった。

あの日の君は妙に不機嫌で、どこか思い詰めているようにも見えたね。僕は極力いつもと同じように接するつもりだったけれど、君のその雰囲気に調子が狂ってしまって、ずっと口数を少なくしていたものだ。

君は僕を、小さな美術館に連れて行った。東大工学部の裏、暗闇坂の途中にある弥生美術館さ。

竹久夢二や高畠華宵《かしょう》、蕗谷《ふきや》虹児《こうじ》、中原淳一といった、古臭い少女趣味の画家の作品ばかりを集めた、いささかマニアックな美術館だ。個人の邸宅を改造したような手狭な感じが、むしろあの空間には相応《ふさわ》しく、僕は大いに気に入ったよ。

君は小さな美術館の中を困ったような顔で歩き、ふとある女性の写真パネルの前で立ち止まった。

「この写真、どう思う?」

それは竹久夢二の三番目の愛人、通称『お葉』と呼ばれている女性の写真だった。どこかの座敷で、思わせ振りにしなを作ったポーズを取っていた。

「きれいな人だね」

写真を眺めながら僕が答えると、君は小さな声で言った。

「生身の人間なのに、妙に夢二の絵に似ているって思わないかい?」

なるほど、君の言う通りだった。あたりに展示されていた作品と写真を見比べると、そっくりそのまま……と言ってもいいくらいに雰囲気が似ていた。夢二の絵がすばらしい叙情性に満ちているのは、こんな優秀なモデルを使っていたからなのかと僕は納得したよ。

「違うよ、実はその逆なんだ。この女性の方が、夢二の作品の真似をしているんだよ。ほら、その説明を読んでごらん」

君の言うまま、パネルの近くに添えられた説明文を読んだ。細かい点は忘れてしまったけれど、この女性は夢二自身がいろいろ教え込んで、自分の理想像に近づけた女性なのだと書かれていた。『お葉』という美しい名も、夢二がつけたものだった。言ってみれば日本版『マイ・フェア・レディ』みたいなものなのかもしれない。

「この人は縛り絵のモデルになったり、有名な洋画家のモデルにもなったりしたんだけど、それぞれの画家にいい作品を残させているんだ。いわばモデルの中のモデルだよ」

「つまり、役になりきるのが上手だったっていうことかな？」

僕は彼女に強い親近感を覚えた。けれどそれ以上に、追い詰められたような息苦しさを感じていた。君の前にいる僕が、本当は世の中のどこにも実在しない架空人物だということがばれたのだろうかと思ったんだ。

君はしばらく黙りこくって、僕の目を見ないで答えたね。

「役になりきるなら、これくらい上手にやらなくっちゃいけない。でも俺はだめだ」

顔をあげた君は、まるで仇討ちにでも行くような、せっぱつまった形相だった。

「すまない……俺、本当は東大生じゃないんだ」

あの時、僕がどれだけ噴き出しそうになるのを堪《こら》えていたか、君にはわからないだろうな。そして今、この手紙を読みながら君がどれだけ驚いているか、僕には想像できるよ。

「嘘をつくつもりはなかったんだけど、最初に会った時、つい言ってしまったんだ」

叱られている子供のような顔の君を見て、僕は胸が痛むのを感じた。騙《だま》しているのは僕も同じさ。そのやり方が、君よりもずっとずっと巧妙なだけなんだ。

君はいい友だちだった。だから君が本当は東大生ではなく、ただ漫然と日々を過ごしているだけのフリーターだとしても、別にどうということはない——僕がそう言うと、本当に嬉しそうな、晴れ晴れとした笑顔を君は浮かべたね。

「お詫びの印に明日の夜、飯でも奢るよ。バイトの後だから、遅くなるけど」

その時初めて気がついたように、君は付け足したっけ。

「そう言えば、明日はクリスマス・イブだね」

僕はごく普通にOKした。

なに、用事はすぐに済む。簡単な仕事さ。その後、君と一緒に最後の食事をして、そのまま何も言わずにこの町を離れよう——僕はそう思った。

行くつもりだったんだよ、その時は。


クリスマス・イブの夜、S田さんの家で起こった惨劇は、すでに新聞やテレビで報道されている通りだ。あまり事細かに書くのは、いたずらに君を不愉快にさせるばかりだろう。

けれど犯人の侵入経路が不明だとか、被害者たちの殺害の順番がどうとか、やたら世間が不思議がっているので簡単に記しておくことにするよ。僕がこの事件について語るのは、きっとこれが最初で最後だからね。

あの日、コンビニのアルバイトが終わってから、僕は部屋の片付けをした。もともと必要最低限のものしかなかったし、決着をつける日を決めてから不要なものを少しずつ処分していたから、簡単なものだった。もちろん事前にコンビニの店長のデスクから、僕の顔写真付きの履歴書を抜き取って処分するのも忘れなかったよ。

残ったのは茶色のコートとミラーのサングラス、そして白い手袋だけだった。買ったばかりのナイフと一緒にそれらを紙袋に入れ、夕方近くなって僕はS田さんの家に向かった。計画を中止しようという考えは、まったく浮かばなかった。これ以上立ち止まるのを、フクロウ男は許さなかったんだ。

彼女の家は、古いながらも一軒家だった。二階はなかったけれど、まわりが高い塀で囲われていて、小さいながら庭もあった。知人から格安で貸してもらっているとS田さんは言っていたが、それはここではどうでもいいことだ。ただ、奥へ奥へと部屋が繋がっている家の構造が、僕の犯行を容易にしてくれたのは確かだ。

侵入経路は、当然ながら玄関さ。僕は呼び鈴を鳴らして堂々と中に入った。招待されているのだから当然だね。

S田さんは玄関のすぐ脇にある台所で、クリスマスの料理を娘たちと作っている最中だった。

「ちょうど良かった……この子、邪魔でしょうがないの。奥で一緒に遊んであげてくれない？」

僕は言われた通り、下の女の子と一緒に子供部屋に行った。部屋に着くと、すぐに紙袋から例のコートを取り出して着込んだよ。

「あ、フクロウ男だ」

サングラスをかけ、白手袋をはめた僕を見て、女の子は面白そうに言った。パーティーの余興だと思っていたんだろうね。

例の呼びかけは、前に済ましている。僕は何も言わずに、女の子の首に手を回した。

もう何の躊躇《ちゅうちょ》もなかった。冗談だと信じていた女の子の顔から笑顔が消え、さらに呼吸が止まるまで、たいした時間はかからなかったよ。

しばらくして、上の女の子が部屋に入ってきた。台所では、何か揚げ物をするような音が聞こえている。きっと油が跳ねて危ないから、姉の方も僕のところに寄越したのだろう。

扉の陰に隠れていた僕は、無言で彼女の背後から飛びかかった。羽交締めのような形で後ろから抱きかかえ、喉元を圧迫して声を出せないようにしてから、ナイフを抜きながら彼女の耳元で囁《ささや》いた。

「サインをあげよう」

フクロウ男の姿の時に人間の言葉を使ったのは、後にも先にもこれっきりさ。

自分からわずかに離れた場所で惨劇が起きているとも知らず、S田さんは揚げ物を続けていた。正直、僕は彼女をどうするか、最後まで迷っていたよ。例のフクロウ男の儀式をやっていないからだ。けれど、どう考えても生かしておくわけにはいかない。

僕は血に塗《まみ》れた子供部屋にしゃがみ込んで、S田さんがやってくるのを待った。やがて彼女は子供の名を呼んだが、もちろん誰も返事なんかできるはずがない。いらだったような足取りで部屋にやって来た彼女は、そこで初めて惨劇を目にした。

本当に驚いた時、人間には叫ぶタイプと息を止めるタイプの二種類があるって知ってるかい？　S田さんはどうも後者のようだったらしく、目を大きく見開いたまま、声一つたてなかったよ。

僕はすぐさま彼女に飛びかかり、それこそ嘴でつつくような早さでナイフを使った。けれど、やはり大人と子供では生命力が違う。彼女はなかなか絶命せず、あまつさえ僕に反撃しようとした。学習机の上にあった鋏《はさみ》をつかみ、がむしゃらに振り回したんだ。

恥かしながら、あまり機敏でない僕は、その切っ先をむざむざ脇腹に食らってしまった。ひるんだ瞬間、彼女は僕の髪を握り、強く引っぱった。ヘアピンだけでとまっていたかつらが、ずるりと脱げたよ。

「あんた……男？　いったい、何者なの？」

それが彼女の最後の言葉だった。そのまま娘たちの上に覆いかぶさるように倒れると、彼女はありったけの息を吐いて動かなくなった。

僕は血に汚れたコートを脱ぎ、その上にかけてやったよ。多少の情もあったが、何かしら置いていかなくては、フクロウ男の仕業だと世間にわかってもらえないからだ。

僕は庭に面した窓を少しだけ開け放し、長い間愛用したサングラスを外に投げておいた。何のためか、わかるかい？　人間に化けていたフクロウ男が、凶行の後、フクロウの姿に戻って飛び去って行ったと思わせるためにだよ。

この事件が広まれば、フクロウ男は今まで以上の残虐さで語られるようになるだろう。家の中にいても、あいつはやって来る……わくわくするどころか、ふとんを頭から被って震えるような恐怖を、誰もが深夜の足音に感じるようになるはずだ。

僕は惨劇の部屋の真ん中にたたずんで、声をあげたよ。

「ほうほうほうほうほうほうほうほうほうほうほう」

あの夜、君はどれだけ僕を待っていてくれたんだろうか。約束の時間を過ぎても姿を現さない僕を、きっと恨めしく思ったに違いない。

でもこれで、僕が行けなかった事情もわかってくれただろうと思う。

脇腹に受けた傷は深刻だった。だが、いくら押さえても血が止まらなかった。僕は勝手に家の中をかき回し、タオルや薬を探して自分で手当てをした。僕はS田さんのコートを羽織って、その場から逃げ出すしかなかった。少しでも早く、少しでも遠く、あの町から離れなくてはならなかった。

あれから半年が過ぎた。

僕には、もう何十年も過ぎたような気がするよ。

望み通りにフクロウ男は伝説になり、今も都市の闇をはばたき続けている。僕さえ黙っていれば、これからもそうあり続けるだろう。

けれど人の心というのは、本当に不思議だね。

どうして僕は、こんな告白を君に書き送ろうとしているんだろう。

この告白が世の中に広まってしまえば、フクロウ男は異界の者ではなく、ただの夢想家の殺人鬼に過ぎなかったことが知れ渡る。その途端に伝説は矮小化《わいしょうか》して、フクロウ男は翼を失うだろう。僕の努力は、すべてムダになるというわけだ。

僕は後悔しているよ。

女の姿で、君の前に現れてしまったのは大きな間違いだった。

かつらをつけ、化粧をし、女性ものの補整下着を着込み、隙間にパットを入れて体の線を変えた。もともと細くて中性的な顔立ちをしている僕は、それだけで十分女になれたんだ。

性別さえも欺くことが、もっとも効果的だと思った。すべてうまく制御できる自信があったのに、君が——君が僕を愛するものだから。

君が美しいと言ってくれた瞳は、いったい誰の瞳だったのだろう。

僕自身のものなのだろうか。それとも架空人格『リツコ』のものだろうか。まさかフクロウ男のものではあるまい。

まったく愚かしい話だ。

六十パーセントのフクロウ男。三十パーセントの僕。それなのに、残りの十パーセントに過ぎなかった女の心に、こんなに振り回されてしまうなんて——。

笑ってくれて、いいよ。

# 死者恋

## 1

今日は遠くから、よくいらっしゃいました。

東京からこんな山の中まで、お仕事とはいえ、本当に大変なことだわ。ここはずいぶん寒いでしょう？　一昨日、少しだけ雪が降ったの。これから、どんどん寒くなるわ。あちらはまだ暖かいんでしょうね。まぁ、ジャケットの下はノースリーブ？　元気がいいのね。今、おいくつ？

やだわぁ、三十歳で〝もう〟なんて言われたら、私なんかどうすればいいの。あなたと二回り近くも違うのに……冗談よ、そんなに畏《かしこ》まったりしないで。私、久し振りに若い人と話せて、少し浮かれているみたい。あなたも、もっと肩の力を抜いてくれたら嬉しいわ。

さぁ、どうぞ。私特製のお茶を召し上がれ。見た目は紅茶に似ているけど、ちょっと違うの。あまり味も香りもしないでしょ？　何のお茶だと思う？

正解、タマネギ茶よ。よくわかったわね。タマネギと言っても、実の部分は使わないのよ。まわりの茶色くて薄い皮、あれをお鍋で煮て作るの。ほら、飛蚊症《ひぶんしょう》っていうのがあるでしょう？　目の前に、チラチラしたのが見えるやつ。あれによく効くんですって。やっぱり仕事柄、目は大切にしないとね。

えぇっと、さっきいただいたお名刺は……そうそう、お名前は野島久美子さんね。久美子さんってお呼びしていいかしら？　あなたもできれば、その〝先生〟というのはやめてちょうだい。すごく老け込んだような気がするから。

結城さんは私のこと、おばさんなんて呼ぶのよ。失礼しちゃうわね。私、あの人のおばさんでも何でもないのに。

そう、あの彗星荘《すいせいそう》画廊の結城さん。あの人、顔があんな風だから、ちょっと見には年がわからないでしょう？　本当はあなたとあまり変わらないの。彼の方がちょっとお兄さんかしらね。

　結城さんとの付き合いは、確かに長いわ。初めて会った時は、まだあの人が子供の頃だったもの。もちろん顔だってきれいなもので、あんな大きな傷なんてなかった。あの傷は、彼が高校生くらいの時についてしまったものなの。まぁ、事故みたいなものでね。

　そうそう、その結城さんも、あなたのことを褒めてたわ。今どき、とても仕事熱心でしっかりしたお嬢さんだって。

「あの人は仕事にすごく情熱を持っているから、絶対におばさんの損にはならないよ。ちゃんと協力してやってくれ」って……そんな風に言われたら、私も断ったりはできないわよね。答えられることは何でも教えてあげるから、遠慮しないで訊いて。

でも正直なところ、私、よくわからないの。フリーライターって、どういうお仕事をする人なの？　本や雑誌に文章を書いてらっしゃるのよね。今、こうしてお話ししてることも、何かに載ったりするのかしら？

なるほど、まだはっきりと決まった話じゃないのね。でも、私の話ならどこの美術雑誌でも載せてくれるなんて、それはあなたの買い被り。私なんて、ただのおばさんなんだから……あら、それはなぁに？

あぁ、前にやった個展の記事の切り抜きね。きちんとこんな風に取っておいてくれるなんて、うれしいわ。私は全然、こういうのを見ないの。見られないという方が正しいかしら。だって、ずーっとこの家にこもっているんだもの。こういう美術雑誌は、田舎ではなかなか手に入らないしね。

ええっと……『神秘のベールに包まれた女流画家・鼎凜子《かなえりんこ》』……『物体と化した肉体を執拗《しつよう》に描き続けることで知られる鼎凜子は、高い知名度に反して、一切の履歴を知られていない』……『その異端の芸術世界を愛好するファンは多いが、彼女の姿を見たものは少なく、その事実がまたファンの心理を刺激する』って……何よ、人をオバケみたいに。ふふふ、失礼しちゃうわね。

人前に出るのが好きじゃないのは本当だけど、別に逃げまわってるわけじゃないわ。何よりこの家を離れるのがイヤなの。私はここが、とても気に入っているから。

山の中の暮らしも、そう悪いものじゃないわよ。テレビは衛星放送だって入るし、電話やファックスも使えるし、絵の具はお店が開けるくらいに買い置きしてあるし……何も困ることなんてないの。他の細々したものは、十日に一度、結城さんが来る時に買ってきてもらえるしね。

だから久美子さんみたいに、ここまで来てくれるんだったら大歓迎。何でも話してあげる。

もっとも、その前に結城さんをクリアーするのが大変なのかしら。マネージャーって言うの？　とにかく細かいことは全部、結城さんまかせよ。私は黙って、ここで絵を描いているだけ。

だから前にも、テレビや雑誌のインタビューのお話があったらしいんだけど、結城さんが全部断っちゃったわ。私のためになるってあの人が判断しない限り、ここの住所も電話番号も、他人に教えたりしないの。だから久美子さんは特別、気に入られたんだと思うわ。

……えっ、写真撮るの？

ずいぶん大きなカバンだと思ってたけど、そんな立派なカメラを持ってらしたのね。写真もインタビューも全部自分でやって、文章も書くんでしょう？　フリーライターって、大変な仕事だわ。私にはとてもムリね。知らない人と会うのは苦手だし……もちろん、久美子さんは別。何だか初めて顔を見た時から、話しやすそうな人だって思ったの。きっと、波長が合うのね。

でも、どうせ写真を撮るなら、ここよりもアトリエの方がいいでしょう？　それにやっぱり、口紅くらいはひかないと。あなたみたいにきれいじゃないけど、私だって女の端くれだもの。

じゃあ、アトリエにご案内するわ。

ほら、寒いでしょう？　閉め切ってると、すぐにこんなに冷えちゃうの。まるで冷蔵庫でしょ。今、暖房を入れるわね。

このあたりでは、一年中ストーブをしまうことなんてないのよ。特にこの部屋は窓を全部つぶしてあるから、夏でもひんやりしてる。そう、その西側と東側が、もともとは窓なの。でも結城さんに頼んで、ベニヤ板を張ってもらったの。電気を消したら、昼間でも真っ暗。

なぜかと言うと、いつも同じ光の状態にしておきたいからよ。太陽の光って、なかなかどうして曲者でしょう？　同じ色でも、時間と角度でまったく違って見えてしまう。だからこの部屋は、朝でも夜でも、ずっとこんな感じ。ふふふ、ちょっとは絵描きらしいことも言うでしょう？

だから、ときどき思うこともあるわ……私の描いた絵に太陽の光があたることなんて、ずっとずっとないんだろうなぁって。彗星荘画廊だってビルの地下にあるし、私の絵を買ってくれた人が、応接間や玄関に飾っているとも思えないしね。

そう言えば、結城さんが前に言ってたわ。

「おばさんの絵を買う人はたくさんいるけれど、きっと誰も部屋に飾ったりはしていないよ。どこかにしまいこんで、値上がりを待っているなんて意味じゃない。みんな怖くて、ふだん目に付くところになんか、とても掛けておいたりできないんだ。おばさんの絵を毎日見てる僕が言うんだから、間違いない」

確かに誰だって、好き好んで死体の絵を応接間に飾っておこうとは思わないわよね。射殺された象や死んだ小鳥の絵なんて、インテリアにはとても向かないもの。

けれど結城さんは、こんな風にも言うの。

「だけど誰もが、ときどき無性に、おばさんの絵が見たくなる。見たくて見たくてたまらなくなる。だから誰もいない真夜中に、こっそり取り出して眺めるのさ。しばらく眺めて満足したら、すぐにしまってしまう。自分は鼎凜子の絵なんか見なかったって顔をしてね。そんな風に冷たく扱っておきながら、手放すことは絶対にない。おばさんの絵は、そういう絵なんだ」

私の絵は、確かにそういうものかもしれないわね。まぁ、褒め言葉だと受け取っておくわ。

そうそう、写真ね。えぇっと、口紅、口紅……どう、変じゃない？　こんなもの塗るの、すごく久し振り。場所は、この描きかけの絵の前でいい？　死んだライオンの絵の前で、ニッコリ笑っているっていうのも変かしら。

可愛く撮れた？　五十過ぎのおばさんが可愛いもないけど、どうせならきれいに写りたいと思うのは人情よね。まだ三十五歳くらいにしか見えないって？　まぁ、久美子さんもお上手……褒めても、せいぜいタマネギ茶くらいしか出ないわよ。

そう言えば『ファントム・オブ・パラダイス』って、ご存じ？　三十年くらい前の、ロックンロール版『オペラ座の怪人』みたいな映画なんだけど。あの映画の主人公のファントム……ウィンスローって名前だったかしら？　銀のヘルメットみたいな仮面をつけている人よ。私があの人に似ているなんて、結城さんが言うの。

私の目って、黒目がクリクリしてるくせに切れ長の吊目でしょ？　おまけに鼻が嘴《くちばし》みたいに尖ってる。それでこんなボブショートの髪なんかしてるんだもの。ご丁寧に額で前髪がＭの字になってて、どこから見ても『ファントム・オブ・パラダイス』。こんな女が死体の絵なんか描いていれば、不気味に思われないはずはないわよね。

だから前にＹ賞を頂いた時も、審査員の方の間でずいぶん揉めたみたい。こんなのに伝統ある賞をあげていいのか……なんてね。もっとも私は賞が欲しいとか、名前を挙げたいなんて望んだことはないの。本当に、ただの一度もね。

じゃあ、なぜ死体の絵ばかり描くのかって？　まぁ、いつのまにか、インタビューが始まっちゃったみたい。ふふふ、久美子さんは優秀な方だわ。

そうね。全部お話ししてあげましょう。不思議とあなたになら、私の気持ちがわかってもらえるような気がするの。

その前に、温かい飲み物でも持ってくるわね。タマネギ茶じゃなくて、ウィスキーを入れたコーヒーなんかどう？

## 2

いったい何からお話しすればいいのかしら。

順番通りに、昭和何年どこそこに生まれる……なんて、履歴書みたいな話から始める？　でも小さい頃の記憶はあまりないし、久美子さんのお仕事の役に立つかどうか、わからないわ。

久美子さんが聞きたいのは、もっと面白いことでしょう？　そうでないと、こんな人里離れた山の中にまで来た甲斐がないわ。だったら、とっておきの話をしてあげる。

恋の話よ。

私の人生を変えた、たった一度きりの激しい恋の話。あんなに誰かを思ったことは、その前にも後にもなかったの。

その前に、私の宝物をお見せしましょう。命より大切にしているって言っても、ちっとも大げさじゃない物なのよ。何だと思う？

……お待たせ。ほら見て、この頑丈そうなアタッシェケース。これは火に放り込んでも、中の物が燃えたりしない構造になってるんですって。何かあった時はすぐに持ち出せるように、いつもこれに入れてあるの。今、鍵を開けるわね。

ふふふ、残念。ケースを開けたら、また小さなケースよ。マトリョーシカみたいでしょ？　次はクッション入りの紙袋。これを開けると……次は木箱だわ。肝心のものは、この中なの。

ほら、これよ。

『美は死とともにありて――ある画学生の魂の彷徨』……この本が私の宝物なの。

ううん、いいのよ。知らなくても当たり前だわ。この本、ちっとも有名じゃないんですもの。でも私にとっては、何よりも大切な本なの。

この本の作者は、朔田《さくた》公彦《きみひこ》さんという画学生よ。この本が出版される二年前に、二十歳で自殺したの。ある雪深い山中で、睡眠薬を飲んで頸動脈を切ったのよ。この本は、十七歳から死の前日までの、その人の日記をまとめたものなの。

ほら、口絵の写真を見て……この方よ、朔田公彦さんって。

まるで女性みたいなお顔をしてらっしゃると思わない？　カメラを見ていない目線が、とても美しいわ。これは亡くなる半年ほど前のお写真だけど、まるで映画スターのブロマイドみたい。着ているものとヘアスタイルが何となくビートルズっぽいけど、それは時代というものね。この方が亡くなったのは、日本でもビートルズ人気が高まっていた頃だから。

この本を手に入れたのは、私が中学三年生の時。けれど、その頃の自分がどんな風だったのか、今はよく思い出せない。なぜだか、ちっとも頭に浮かばないの。

学校は小学校から大学まで一続きになった私立で、どちらかと言うとお嬢様学校よ。ミッション系だから礼拝の時間があったし、制服はブレザーで、登下校には必ずえんじ色のベレー帽をかぶる決まりになっていたわ。クラスメイトもみんな、それなりのお家の娘さんばかりでね。

私はその学校に通いながら、どんな風に過ごしていたのかしら。仲のいい友だちもいたし、コーラス部に入って練習に精を出したりしていたけれど……でも、今思えば、ただ流されていただけのような気もする。何でも、みんながするから私もやるっていう感じでね。

あの頃の私が自分からする気になったのは、せいぜい読書ぐらい。テレビや映画より、ずっと好きだったわ。毎日学校帰りには、必ず家の近くの本屋さんに寄っていたものよ。分厚いメガネをかけたご主人と奥さんしかいない小さなお店だけど、私はすごく好きだった。ほんの少しだけど、外国の絵本なんかも並べてあってね。

もうずっと昔のことなのに、この本を買った日のことは、今でもはっきり覚えてる。ちょうど川端康成さんがノーベル文学賞を受賞なさった頃で、その日、お店のご主人が、せっせと棚の陳列を変えていたわ。川端さんの本をたくさん並べるために、あまり売れない本を棚から抜いていたの。この本も、その中の一冊だったのよ。

抜かれた本は小さな台車に積み上げられていて、たまたま近くを通りかかった私は、表紙に描かれた水仙の絵に目を留めたわ。その美しさにひかれて、手に取ってみたの。

この口絵の写真を見た時、本当に背中に電気が走ったような気がしたものよ。こんなきれいな男の人がいるのかしらって心から思った。しかも、二十歳の若さで自ら命を絶っている……言葉を並べると陳腐だけれど、私はたった三秒で、この人に心をつかまえられてしまったの。

私はお財布をはたいてこの本を買ったわ。その頃のお小遣いを考えると安いものではなかったけれど、この本だけは絶対に買わなくちゃって思った。

急いで家に帰って、自分の部屋で一息に読んだわ。うまく言えないけど、ページをめくるたびに胸がドキドキして……自分の心臓の音がはっきり聞こえてくるような気がしたわ。

きっと大人の久美子さんが読んだら、なんて甘ったるい言葉を並べてる本だろうって思うでしょうね。

確かにこの中には、生きる厳しさも書いてなければ、芸術を追求しようとする真摯《しんし》な強さもない。ただ日常の出来事の記述に混じって、自分が美しく感じるものを気まぐれな言葉で並べているだけ。そしてどんなに美しいものも、やがては朽ちる運命にあるから、死こそが美しさの根源だという幼稚な理屈が長々と書いてあるだけよ。

大人になってからこの本に出会っていたら、私も何とも思わなかったかも知れない。けれど、若いということは神秘的なことよ。大人にはとても理解できない心の動きを、ごく当たり前にしてしまう。きっと同じ空の色や雨の音にだって、若い時と大人になってからだと違う感じ方をするんじゃないかしら。

その時の私には、この本に書かれている文字の一つ一つが、砂金のようにきらめいて見えたわ。この本の言葉が、美しい音楽のように心に染みていったの。

気がつけば、私はこの人に——朔田公彦さんに夢中になっていた。片時でも本を手放すのが、苦痛に感じるほどにね。

私は恋をしたのよ。間違いなく、恋だわ。

久美子さんにも、わかるでしょう？　寝ても覚めても、その人のことばかり考えているの。体がいつも熱くて、その人の面影を思うと、泣きたいくらいに胸が苦しくなるの。だから私は、毎日毎日、この本を読んだの。口絵の写真を何度も眺めて、長いため息ばかりついてたわ。当たり前につけていた日記が、いつの間にか公彦さんへの手紙に変わったりもしたわね。

ふふふ、久美子さん、何か言いたそうなお顔。

わかってるわ。そんなものは、恋に恋する若い女の子の妄想だって言いたいんでしょう？　自分の理想の男性像を死んだ公彦さんに託して、一人で入れこんでいるだけ……そう言いたくなるのは当然よ。私だって、そう思ったもの。

私はただの一度も本物の朔田公彦さんを見たことがないし、声さえも知らない。口絵の写真と、本の中の印刷状態の悪い写真を何点か見ただけよ。他にあるのは、ただ彼の言葉のみ……それだけの人を愛するなんて、できるものなのかしら？　自分の公彦さんへの気持ちは、テレビに映ったグループサウンズに向かって声をあげる友だちと、どこが違うのかしら？

けれどやっぱり、人を思うというのは理屈じゃないのね。そんな風に考えることはあったけれど、私の気持ちは少しもゆらぎはしなかった。むしろ日を追うごとに、激しくなっていったのよ。

この本は私にとっての聖書《バイブル》になったわ。そして本の中に出てくるものを、何でも理解しようとした。そうすることが、彼に愛される資格を持つために必要だと信じたの。公彦さんお気に入りのユトリロの画集も同じものを買ったし、たびたび名前が出てくるヘッセの小説も読んだ。シャンソンのレコードも聴いたし、オードリー・ヘップバーンの写真集も……これは高くて買えなかったから、本屋さんで何度も立ち読みしたっけ。久美子さん、そろそろわかってきたでしょう？　そう、私が絵を描いてみようと思ったのは、少しでも公彦さんに近づきたいと思ったからなの。好きな人と同化してしまいたい気持ち……それが高じて、絵を描き始めたわけ。

ほら見て、本の口絵。公彦さんはこんな感じの絵を描いていたのよ。白黒だから良くわからないかもしれないけど、このデッサンなんて見事だと思わない？　ゴム跳びをしている小さな女の子の表情が、とても生き生きと描かれているわ。十数年後に訪れる成熟の予兆が手足にすでに秘められているのを、ちゃんと見据えている絵だわ。

もし生きていれば公彦さんは、きっと名のある絵描きさんになったはずよ。ご家族もそう思ったからこそ、この本を出版したのね。そして少しでも、公彦さんの才能を世の中に知らせたかったんだわ。

この本に出会ってから、私の生活は大きく変わった。人は女に生まれるのではなく、女になるのだ……と言った人がいたけれど、本当にその通り。私は公彦さんを愛することで、いろんなことにいっぺんに目覚めたの。ちょっと恥ずかしい言葉だけれど、この本に出会った時に、本当の意味での私の青春が始まったのよ。

## 3

初めの半年くらいの間は、言ってみればハネムーンみたいなものだったわね。とにかく公彦さんに夢中で、少しでも彼に近づきたい気持ちでいっぱいだった。でも思いがけないところから、私と公彦さんとの世界をかき回す人が現れたの。

あの人の……三ケ崎《みかざき》しのぶさんの、優しそうな笑顔を思い出すだけで、私は何だか背筋が寒くなってくる。

あの人は、本当に怖い人だった。

公彦さんへの私の思いも、普通の恋からは外れたものだったかも知れないけれど、あの人のは……ごめんなさい、私、少しウィスキーをいただくわね。しのぶさんのことは、とても素面《しらふ》では話せないの。久美子さんも、いかが？……ありがとう、こういう時に付き合ってくれる人がいるって、いいものね。

公彦さんの本に出会ってしばらくして、私は高等部に進んで美術部に入ったわ。日記のすべてを理解するためには、どうしても絵が描けるようにならないといけないって思ったからよ。他の部員のみなさんは中等部でも入っていた人ばかりだから、すごく上手でね。まるで経験のない私が入部するのは、ずいぶん勇気が要《い》ったものよ。

才能があるとは夢にも思わなかったけど、やり始めてみると、絵を描くことは楽しかった。

少しでも早く上達するように、私は一日に必ず十枚はデッサンを描くと決めて、どんな時でもやり続けたの。試験の前日や体調の悪い時でも、休まなかった。少しも辛くなかったのは、遠い世界から公彦さんがきっと見ていてくれてるんだって信じていたから。

やがて夏休みが来て、私はちょっとした冒険をしたわ。七月のある日、遠い海辺の町に一人で行ってみたの。それがどこだか、わかる？　そう、公彦さんが住んでいた町よ。本の中だけで馴染んでいたその土地に、たった一人で出かけてみたの。

公彦さんが住んでらっしゃったのは、神奈川県の海のそばの町。彼はそこで生まれ育ったの。その彼が最期の場所に雪山の中を選んだのは、なんとなく不思議な気がするわね。都市に住む人が海にあこがれるように、海を見て育った彼は雪山に惹《ひ》かれていたのかしら。

駅に降り立った時は、すごく感激したわ。当たり前だけど、日記にしょっちゅう出てくるものが目の前にあるんだもの。公彦さんが通学に使っていたバス停、よく本を買っていた本屋さん、ご家族と一緒に行っていた洋食屋さん……駅前だけで、そんな〝名所〟がいっぱいあるの。公彦さんの日記の愛読者でなければ、ただの小さな町に過ぎないのでしょうけど、私にとっては、さしずめ夢の国のようだったわ。

奇妙な話だけど、その町を訪れて初めて、私は公彦さんが実在の人物だったって実感した気がする。四年ほど前には、彼はちゃんとここにいた。そして日記に書かれている以外のたくさんの時間を過ごしていたんだということに、不思議な感動を覚えたわ。

私は公彦さんの家を探し始めた。詳しい住所は知らなかったけれど、探し出す自信はあったの。公彦さんの日記の中に、いくつものキーワードがあったから。

駅からバスで十分ほど行ったところにN山という町があって、そこには市立中学校があるわ。公彦さんが卒業した学校よ。そこから五分ほど歩くと団地があって、その裏手にある一軒家が公彦さんのお宅なの。近所には比較的大きな児童公園と、商店街があるはずだわ。それだけの情報があれば、何となく探せるような気がしない？

その日はとても暑い日だったけれど、私は駅からN山まで歩いた。公彦さんもその道を歩いていたかと思うと少しも大変じゃなくて、むしろ嬉しく思えたりするんだから不思議ね。

やがて、どうにか私は中学校を見つけ、団地を見つけた。でも家がなかなか見つからなかったの。番地がわかっているわけじゃないから、だいたい見当をつけた場所を、闇雲に探すしかなかったのよ。

一時間近く歩き回ったかしら。さすがの私もくたびれて、児童公園の柵に腰を下ろして休んだわ。すぐ近くまで来ているはずだと思うと、悔しくてしょうがなかった。

その時だわ。私のすぐ近くに、髪の長いメガネの女の人が立ち止まったの。ずいぶん、ぽっちゃりした人よ。肌の張りを見れば確かに若いとわかるんだけど、着ているものが妙におばさん臭くて、一目で年齢を判断できない人だった。

「ねぇ、あなた」

ずいぶん気取った口調で、その人は話しかけてきたわ。

「もしかして、朔田公彦さんのお宅を探しているんじゃなくて？」

私は驚いて、その人をまじまじと見つめ返した。それが三ケ崎しのぶさんとの出会いよ。

彼女は、本当に優しそうだった。ほら、モルモットっていうネズミみたいな動物がいるでしょう？　あの動物が大きくなって後ろ足で歩いているような、おっとりとした印象の人よ。どんな時でも、メガネの向こうの目が笑っているの。この後、彼女とは二十年以上も付き合うことになるのだけど、その笑顔だけは、ずっと変わらなかったわ。

「どうしてそんなこと、わかるんですか」

「何となく……そう、何となくよ。あなたも、この本を読んだんでしょ？」

そう言いながら、しのぶさんは肩から下げていた布カバンの中から、公彦さんの本を取り出したわ。カバーも付いていなくて、私のよりもずっと傷んでた。

もしあの時、私が愛想のいい返事さえしなければ、それから後のことも起こらなかったんじゃないかと思う。けれど私は、初めて仲間を見つけた嬉しさに心を弾ませてしまった。自分と同じものが好きというだけで、人は簡単に心を許してしまうものね。

「そうなんです！　もしかして、お家をご存じなんですか？」

「知ってるけど、今は誰も住んでいないわ。公彦さんが亡くなってから、ご家族は越してしまわれたから……でも、行ってみたいでしょ？」

まさに地獄に仏。私はしのぶさんに案内されて、ようやく公彦さんのお家にたどり着くことができたの。

公彦さんの家は、特に珍しいこともない二階建ての住宅だった。雨戸がすべて閉められていて、何だか大きな缶詰みたいに感じたのを覚えてる。お庭の草も伸び放題で、長い間人が住んでいないのが明らかだった。けれど家の玄関の扉が、幼い頃の公彦さんの写真に写っているものと同じというだけで、私はすごく感激したわ。

「二階のあの窓が、公彦さんのお部屋だったんじゃないかしら。庭で雀が遊んでいるのが、部屋の窓から見えたって日記にあったでしょ」

私たちはブロック塀の外に立って、せいいっぱい背伸びしながら話したわ。しのぶさんも日記をよく読み込んでいて、まるでガイドさんのようだった。私もどこか張り合うような気持ちになって、思ったことを何でも口に出した。考えてみれば、初対面の人なのにね。

それからバスで駅まで戻って、小さな喫茶店に入ったの。粉っぽいオレンジジュースを飲みながら、改めて自己紹介をしたり、日記との出会いを話し合ったりしたわ。

しのぶさんは有名な大学の学生で、その時にはもう二十歳を過ぎていたと思う。公彦さんと二つしか違わないのって自慢げに言っていたのが、何だか癪に障ったのを覚えてるから。

「私ね、公彦さんのお母様と文通しているのよ」

しのぶさんはそうも言ったわ。ストローでジュースをくるくる掻き混ぜながら、何でもなさそうにね。私はすごくショックを感じたけど、一生懸命、普通の顔をしていたの。

「すごいですね……どうして住所がわかったんですか」

「一番初めは出版社に手紙を送って、転送してもらったのよ。二回目からは、直接出してるわ」

この時のしのぶさんの口調は、露骨に自慢げだった。そんなことを嬉々として語れる人間なんて、公彦さんを知っている私しかいないんだから、当然といえば当然ね。

私は心から、しのぶさんが羨ましかった。お母様と直接手紙のやり取りをしていれば、本に載っている以上に公彦さんのことを教えてもらえるでしょう？　出版社に手紙を回送してもらうのを思いつかなかった自分の頭の悪さを、私はつくづく呪ったものよ。

それからしのぶさんは、自慢ついでにこう言ったわ。

「この町が初めてなら、お墓参りもしたことがないでしょ？」

「お墓の場所も知ってるんですか？」

「当然よ。もう五、六回は行ってるわ」

その時の私の顔を、鏡に映して見てみたかったわね。きっと、すごく物欲しそうな顔になっていたんじゃないかしら。

「お友だちになった印に、今度、連れて行ってあげましょうか？」

「ぜひ……ぜひ、お願いします」

私はしのぶさんに、深々と頭を下げた。ふふふ、もしお金を出せといわれたら、出していたかもしれないわね。

公彦さんのお墓は、亡くなった場所の近くでも自宅のそばでもなかった。思いがけず、東京の駒込にあったの。家はしのぶさんの方が近かったけど、お墓は圧倒的に私の方が近くて、つまらないことだけど、一矢報《いっし》いたような気がしたわね。

お墓参りに行ったのは、家を訪ねた一週間くらい後かしら。私たちは駅で待ち合わせて、連れ立ってお寺に向かったの。

その日、私はいつもよりずっとおめかしをしたわ。お母様が、男の方と出かけるんじゃないわよね？……なんて聞いたくらい。考えてみれば、お墓参りに行くのにおめかししていくのって、何だかすごく変よね。でも私にとっては、初めてのデートみたいな気持ちだったの。たとえお骨になってはいても、あこがれの公彦さんなんですもの。もちろん前の日の日記には、公彦さん宛てに、明日あなたに会いに行きます……なんて書いていたし。

久美子さん、駒込のあたりはご存じ？　あのへんは案外、たくさんのお寺があるの。住所だけを頼りに一人で訪ねて行ったとしたら、お墓を捜し出すのに相当苦労したでしょうね。私はもともと、そういう実務能力の低い人だから。だから、しのぶさんには感謝はしているの。

けれどあの日、あの人を恐ろしいと思ったのも本当よ。

公彦さんのお墓は、駅から十五分ほど歩いた、けっこう大きなお寺にあったわ。私としのぶさんは、お寺から借りた手桶の水を墓石にかけて、持ってきたお花とお線香をお供えした。お墓はまだ新しくて、横には公彦さんの名前しか刻まれていなかったわね。

「どんな気分？」

手を合わせた後、しのぶさんに尋ねられたわ。胸がいっぱいだと私が答えたら、彼女、なんて言ったと思う？

「じゃあ、キスすれば？」

しのぶさんは、あっけらかんとした口調だった。その言葉の意味が、私にはすぐにはわからなかったわ。

「公彦さんのお墓に、キスすればいいじゃない」

もちろん普通のキスだって私はしたことがなかったし、その単語をさらりと口にすることさえできなかった。そんな女の子が墓石にキスするなんて、思いつくはずがないわよね。

「私は……そんな」

「恥ずかしいなら、こうしておいてあげる」

そう言いながらしのぶさんは、隠れんぼの鬼になったみたいに、掌で顔を隠してしゃがみ込んだわ。でも私は、結局はできなかった。当たり前よね？

「じゃあ、次は私の番。ちょっとむこうを向いてて」

しのぶさんは私の肩を両手で持って、くるりと後ろを向かせたわ。私はとっさに体を硬くしたの……何だか怖いことが起こるような気がして。

「こっちを見ちゃだめよ」

押し殺したようなしのぶさんの声が、背中でした。でもその口調に、逆の意味が込められているのを私ははっきり感じたの。

久美子さんに伝わるかしら？　彼女は言葉では見るなと言っていたけれど、口調では見ろと言っていたの。私が振り向くのを、期待していたのよ。

しばらくして私は、そっと振り返った。そして見たの。

しのぶさんが、公彦さんのお墓の石に抱きついていた。しかもブラウスの前をはだけて、自分の乳房を石に押しつけて……何度も御影石に頬擦りしたり、舌先で嘗めたりしているの。とてもキスなんて、かわいい表現のできるものじゃなかった。墓石がまるで甘いキャンディーであるみたいに、べろべろと嘗めているのよ。

私はすごく禍々《まがまが》しいものを見た気がして、思わずしゃがみ込んでしまった。耳を両手でふさいだのに、しのぶさんの熱っぽい鼻息がはっきりと聞こえたわ。

しのぶさんはきっと、私にこう言いたかったのね——公彦さんは私だけのもの……あんたになんか、渡しはしないのよ。

## 4

そんなものを見せられても、私はしのぶさんとのお付き合いをやめなかった。やっぱり家やお墓の場所を教えてくれたことに、感謝していたからかしら。嫌なところを見てしまったからと言って、きっぱりと友だちを切り捨てるようなことが、若い頃にはなかなかできないものよ。

それからしのぶさんは、何度も手紙や電話をくれた。家が遠いから滅多に顔を合わせはしなかったけれど、誘われれば断り切れなくて、一緒に有楽町に映画を観に行ったりもしたわね。

考えてみれば、奇妙な間柄よ。私とあの人の間に友情と呼べるようなものがあったのかどうか、私には今でもわからない。

その関係に歪《ゆが》みが出たのは、次の年の春のことよ。

私は美術部でずっとデッサンの勉強を続けていたけれど、二学期がはじまって間もなく、顧問の先生がそろそろ油絵を描いてみたらどうかって勧めて下さったの。自信なんか全然なかったけど、がんばってチャレンジしてみたのよ。

描く題材は何でもいいと言われたけど、風景画は荷が重かった。外の景色というのは、ちょっと見ただけでも微妙な色に満ち満ちているでしょう？　見える通りに描いていたら、完成するまでに何年かかるかわからないわ。

そこで思いついたの……公彦さんを描こうって。

もちろん私は実物の公彦さんを見たことはないし、持っている写真で一番まともなのは、日記の口絵のモノクロ写真よ。けれど男性の顔なら、石膏デッサンで飽きるほど見ている。頭の中でその二つを混ぜ合わせれば、実物に近い公彦さんが描けるんじゃないかしら？　私は、その思いつきに夢中になったわ。

久美子さんもわかると思うけど、絵を描いたり物を作ったりする時に一番大事なのは、思い入れなのよ。どれだけ対象にこだわれるかで熱意が変わってくるし、それがそのまま出来栄えを決めるの。その時の私には、公彦さん以上に思いが込められるものなんてなかったんだから、うってつけの題材だったわね。

私は親戚のお兄さんということにして、学校で公彦さんの肖像画を描いた。今思い出しても、本当に楽しく描けたわ。お休みの日にも学校に行って、一日中部室にこもっていたくらいよ。

その絵が出来上がったのは、ちょうど一年生の終り頃。私自身は、サインを入れた時点で満足したの。絵を描くのは面白いって実感できただけで、それ以上は何も望まなかった。

だから、お友だちや先生が褒めてくれたのは、嬉しいオマケだったわね。ましてやそれが都のコンクールで賞をいただくなんて……。先生が美術部全員の作品を出品して下さったんだけど、優秀な作品は、新聞の都内版に写真が載るの。それに私が選ばれたのよ。

もちろん、嬉しかった。いいえ、絵の腕前を認められたからではなくて、公彦さんと力を合わせて生み出したものが、そんな風に褒められたから。

確かに公彦さんは亡くなってしまったけれど、生きている私に絵を描くきっかけを作ってくれた。そうして描いたものが、人に褒めてもらえた。これはある意味、公彦さんの心が生き続けていることだとは言えないかしら?

私はその絵を、公彦さんに見せたいと思った。けれど、それは到底かなわない。だから、せめて作品の載った新聞を持って、お墓参りに行こうと思ったの。

しのぶさんに知らせようか、どうしようか、迷ったわ。初めてお墓参りに行ってから何度か一緒に行ったけれど――彼女が墓石に抱きついたのは、最初の一回だけよ――何となく、しのぶさんには知らせたくなかった。きっと彼女がよく思わないだろうって気がしたから。

でも、お墓参りでもお家を見に行くのでも、無断で一人で行ってはいけない……という雰囲気があったのは確かよ。はっきりと約束したわけじゃないんだけど、暗黙の了解というやつね。

私はさんざん悩んで、やっぱり今回だけは一人で行くことにしたわ。私と公彦さんの合同作品が褒められたんだから、二人きりでお祝いしたい気持ちが強かったの。でも、それが後で大きな事件になってしまうなんてね。

あの日は確か、小雨が降っていた。数日前から、ずっと降り続いていた雨よ。そのせいか、とても寒い日だったわね。

駒込のお寺に着いたのは、ずいぶん早い時間だった。たぶん九時ぐらいよ。なぜそんな時間に行ったのかというと、やっぱりしのぶさんへの後ろめたさがあったせいね。もし万が一、彼女が突然思い立ってお寺に来ても、その時間なら絶対にかち合わないと思ったの。しのぶさんは横浜に住んでいたから。

私は初めて一人で、公彦さんのお墓参りをした。お花とお線香をお供えして、絵が褒められたことを心の中で報告して……絵が載っている新聞を、バッグから取り出そうとした時よ。不意に近くに人の気配を感じて、私は振り返ったの。その時は絶対に、しのぶさんだと思った。

そこにいたのは、細い縁のメガネをかけた、真っ白な髪のご婦人だった。ベージュのレインコートを着て、ワインレッドの傘をさしていらした。私と目が合うと薄いほほ笑みを浮かべて、深々と頭を下げられたわ。

「お参りしていただいて、どうもありがとうございます。朔田公彦の母でございます」

一瞬、頭の中が真っ白よ。慌てて自己紹介しながら、私は何度も頭を下げたの。

それから雨の中で、二人でゆっくりお話しした。お母様はとても柔和で優しい方だったから、私もあまり緊張せずに済んだわ。

けれどお母様の言葉や表情に、力がないように思えたのも本当よ。子供に自殺された親御さんは、きっと何年経っても悲しい心のままなんだって思った。私はそれが悲しくて、バッグから絵が載っている新聞を取り出して、お母様にお見せしたの。公彦さんは亡くなったけど、こうして私に絵を描かせてくれたことを、どうしてもお知らせしたかったの。

「まぁ！」

お母様は大きく目を見開いて、私の絵の写真を見て下さった。

「何てそっくりなのかしら。あの子が、本当に絵の中にいるみたい」

公彦さんによく似たお母様の目から、ぽろぽろと涙が零《こぼ》れて、私もつられて泣いてしまったわ。

「お嬢さん、本当にありがとう……これは公彦が使っていたものよ。よかったら、もらっていただけないかしら」

しばらくしてお母様は、ハンカチで涙をぬぐいながら、ハンドバッグから小さな布袋を取り出したの。その中には小さなペンダントが入っていて、それを私の掌にのせてくれたわ。細い鎖に銀のしずく形のヘッドがついた、きれいなペンダントよ。

もちろん私はお断りしたわ。欲しいのはやまやまだけど、形見の品をいただくなんて、とんでもない。

「あの子はお洒落な子でね、こういうのをいっぱい持っていたの。まだたくさんあるから、気にしないで」

あまり遠慮し過ぎるのもどうかと思えて、結局いただいてしまったわ。もちろん生涯最高の宝物になったんだけど……私はその時、しのぶさんが公彦さんのお母様と文通しているのを、すっかり忘れていたのよ。

あなたは裏切り者だ、人の好意を利用して、自分ばかりがいい思いをしようとする最低の人間だ——そんな呪いの言葉が並んだ手紙を受け取ったのは、それからまもなくのことよ。

差出人は当然、しのぶさん。公彦さんのお母様から、私のことが耳に入ったの。もちろんお母様には、まったく他意はなかったに決まっているけど。

私は事のあらましを正直に手紙に書いて、彼女に送ったわ。お母様に会ったのも、ペンダントをいただいたのも、私が望んだわけではないとちゃんと書いた。けれど彼女は、わかってはくれなかった。せっかくいい友だちになれると思ったのに……って、悲しくなるような言葉がぎっしり詰まった手紙を送ってきたきり、電話も来なくなったわ。

でもね。その時、私は正直、ホッとしたの。やっぱり心のどこかで、彼女について行けないものを感じていたのね。

そもそも公彦さんは、もう生きてはいない人よ。私の中には私だけの、しのぶさんの中にはしのぶさんだけの公彦さんがいる。それぞれの世界で、それぞれの公彦さんを思い続けるのが一番いいの。

ただ、しばらくは後味の悪いものを引きずっていたのも本当よ。人に嫌われるのは、それだけで気力と体力を使うものなのね。

そうそう、このあたりから、久美子さんのお仕事に関係のあるお話になるかしら。

公彦さんを描いてから、私は絵にどんどんのめり込んでいった。先生や友だちも期待してくれたし、私自身も絵を描くのが楽しくてしょうがなかった。一日十枚のデッサンもがんばって続けたしね。

絵に夢中になればなるほど、今まで以上に公彦さんを身近に感じたわ。手紙のような日記を書いたり、家やお墓に行くのもいいけれど、むしろ絵筆を執っている時の方が、心の中の公彦さんとたくさん話ができる気がした。思い返してみると、この頃が私と公彦さんの第二のハネムーンだったのかも知れない。

やがて高等部を卒業する時期が来て、私はS美術大学に進んだわ。ほとんどのお友だちはそのまま上の学校に進むのだけれど、私は絵をやりたい気持ちが高じてしまったの。家族が反対しなかったのは、やっぱりコンクール入賞の実績があったからかしら。

あれは札幌オリンピックのすぐ後のことだわ。確か連合赤軍が浅間山荘に籠城したのと同じ時期よね？　その二つの出来事で、世の中がひどく騒がしかったような記憶があるけど、私には、もう一つショッキングな事件があったのよ。あの手紙を読んだ時に感じた衝撃は、それこそ心に鉄球をぶつけられたような……そんな風に言っても、ちっとも大げさじゃないの。

部屋の中でストーブを焚いていたから、まだ二月頃のことね。部屋にいる私に、お母様が一通のお手紙を持ってきてくださったの。差出人を見たけれど、誰からの手紙なのか、すぐにはわからなかった。誰だったと思う？

そう、しのぶさんよ。ものすごく久し振りに、彼女から手紙が来たの。けれど、その名前が……三ケ崎しのぶではなくて、朔田しのぶになっていた。公彦さんには三つ年上のお兄様がいたのだけれど、しのぶさんは、その人と結婚していたのよ。

まったく寝耳に水の出来事で、とてもすぐには信じられなかったわ。会わなかった数年のうちに、どうやって彼女がお兄様に近づいて結婚するに至ったのか、私には想像もできない。けれど、手紙を読んで、何となく想像できたの。

もうすぐ子供が生まれるって書いてあったのよ。

男の子だったら、オリンピックで大活躍をしたジャンプの選手の名前をとって、幸生にするつもり……なんて、うれしそうにね。生まれたら、公彦さんが使ったベビーベッドに寝かせて、公彦さんが着たベビー服を着せるんだって、躍るような文字で書いてあった。けれど肝心のご主人については、ただの一言も触れていないの。それはやっぱり、変でしょう?

もし公彦さんのお兄様としのぶさんの間にロマンスがあって、その結果として結婚したのなら、その時点で手紙をくれるのが普通じゃないかしら。きっとしのぶさんにとっては、お兄様の心なんて、どうでも良かったんだわ。その人が公彦さんと血が繋がっているというだけで。

失礼な言い方なのは承知のうえだけれど、しのぶさんは女の武器を使ったんだと思う。公彦さんの日記を読む限り、お兄様は物静かでおとなしい方のようだったから、強引な女性の誘いを断り切れなかったのかも知れないわね。

私は便箋の中から、しのぶさんの笑い声が聞こえたような気がしたわ。あなたはペンダント一つで喜んでいるけれど、私は公彦さんの血筋そのものを手に入れたのよ……てね。

なんて恐ろしい人かしら、と思う反面、尊敬に似た気持ちが湧いたのは不思議ね。尊敬というよりは敬服かしら。

考えようによっては、彼女は究極の〝公彦さんコレクター〟になったのよ。私への意趣返しの心もあったのかもしれないけど、そこまでやれる人は滅多にはいないでしょ。

私は素直にお祝いの手紙を送らせてもらったわ。赤ちゃんが生まれたら、見に行きますとも書いた。発端はどうあれ、結果的に幸せな家庭が一つ生まれるのだとしたら、それはそれですばらしいことなんだから。

けれど——もったいぶった言い方をして、ごめんなさいね。しのぶさんの考えには、まだまだ先があったの。もちろん私はそんなことに気づきもしないで、黙々とカンバスに向かう生活を続けていたわ。

## 5

今から思えば本当に不思議なくらい、絵に関しては順風満帆に行った気がする。久美子さんもいろんな絵描きさんにお話を聞いたと思うけど、たいていの人は、世に出るまではそれなりに苦労するものよ。けれど私は運よく、学校を卒業して一年後に、銀座の小さな画廊で個展を開くことができたの。卒業記念に何人かの友だちとグループ展の真似事をしたのだけれど、それを見たある画商さんが声をかけてくれたのよ。

私は嬉しくて、いろんな人に招待状を出したわ。しのぶさんにも……ね。

彼女は来てくれた。五歳くらいの男の子の手を引いて、バラの花束を持って。

けれど彼女の顔はずいぶん変わっていて、声をかけられるまで私はまったく気がつかなかった。メガネの向こうの目が笑っているのは同じなんだけれど、すごく痩せていたの。いいえ、やつれていたという方が正しいかもしれないわね。

「凜子さん、お久し振りね……招待状をありがとう」

しのぶさんは生気のない笑顔で言ったわ。どんな顔をすればいいのかわからなくて、私は愛想笑いばかり浮かべていた気がする。

「子供に会わせるのは初めてだったわね……さぁ、ご挨拶なさい」

それまでしのぶさんの後ろに隠れるように立っていた、チェックのブレザーに蝶ネクタイの男の子が、私に向かって笑いかけたわ。

その子の顔を見て、思わず言葉を失ったわ。本当に公彦さんそっくりだったの。血が繋がっているのだから当たり前なんだけど、口元なんかは特に似ていた。その時、ほんのちらりとだけ、しのぶさんを羨ましく思ったことは白状しておくわ。

「こんにちは……さくたきみひこです」

私はもちろん、聞き違えたのかと思った。公彦さんは叔父さんの名前でしょうに。

「さ、く、た、き、み、ひ、こ……です」

聞き返した私に、男の子は胸を張って答えたの。言い終わった後で、どこか自慢げな表情で母親を見あげたわ。

「しのぶさん……確か、幸生ってつけるって」

「本名は、幸生よ。でも、私がずっとそう呼んでいるから、自分は公彦だと思っているの」

私は背筋がゾッとしたわ。いくら何でも、それはやり過ぎだと思った。自分の子供を、自殺した人の名で呼ぶなんて……第一、公彦さんのお兄様であるご主人が、そんなことをお許しになるはずがない。普通なら不快に思って、やめさせているはずよ。

私は恐る恐る、そう尋ねたの。しのぶさんはまるでテレビの中の出来事を語るみたいに、あっさりとした口調で答えたわ。

「やっぱり朔田の家は短命の家系なのかしら。主人はこの子が生まれてすぐに、海で亡くなってしまったの。お酒を飲んで泳ぐなんて、あの人らしくもなかったわね」

その言葉を聞いた時、私はぬるい舌先で首筋を嘗められたような悪寒を感じたの。なぜだか公彦さんのお墓に素肌を押しつける彼女の姿が、同時にふっと心をよぎったわ。

「すばらしい作品ね、凜子さん。友だちがこんな立派な芸術家になっているなんて、私も鼻が高いわ」

何も言えずに立ち尽くしている私の耳元に、しのぶさんはそっと顔を寄せて囁いた。

「でも、私も芸術作品を作るつもりなの。素晴らしい、私だけの芸術をね……もし、私の他にその芸術がわかる人がいるとするなら、凜子さん、それはあなたよ」

薄い微笑みを浮かべる隣で、何も知らない男の子が小さなあくびをしていたわ。

わかるでしょ？　久美子さん……なんて恐ろしいことかしら。

しのぶさんは、公彦さんを再生しようとしていたのよ。幸生くんを公彦さんとして育てて、自分自身が公彦さんの母親になるつもりだったのよ。

それを悟った時、さっきの悪寒の意味も理解できた――公彦さんのお兄様は、きっとしのぶさんに殺されたのよ。どういう手段かはわからないけれど、そうに違いないわ。

もちろん、幸生くんを公彦さんとして育てるのに邪魔になるという理由もあったと思うけど、きっと、それだけじゃないでしょうね。それなら、離婚すれば済むことだもの。

きっと公彦さんの血脈を、独り占めするためじゃないかしら。離婚しただけなら、いつかお兄様は再婚して、別の女性との間に子供を作るかも知れない。もし、その子の方が公彦さんに似ていたら、しのぶさんの努力はムダになる。だから、いっそ……。

もちろん、すべて私の妄想よ。証拠も何もない。けれど、私にはわかるの。同じように死者に恋した私だから、彼女の考えがよくわかるの。

しのぶさんは恐ろしい人だと言った意味が、わかってもらえたでしょう？　もしかすると心のどこかが、壊れていたのかもしれないわね。

けれど、だからと言って、私にはどうすることもできなかった。子供を公彦さんと思って育てることは、まともではないけれど違法でもない。ご主人のことだって何の証拠もない。だから私にできたのは、せいぜい自分からは彼女に近づかないでおこう……と決めるくらいのことだった。

そういう気持ちが伝わったのか、向こうからも電話が来たりするようなことはなかったわ。ただ個展で会ってから毎年、年賀状が届くようになったの。まぁ、年賀状くらいならどうということはないから、私もお返事を出したけどね。

しのぶさんの年賀状はよくあるハガキではなくて、封筒に入っていたわ。どうしてかというと、毎年、幸生くんの写真が同封されているからよ。彼がしだいに公彦さんに似ていくのを、私に見せたくてしょうがなかったのね。

その頃の私は、絵に夢中だった。正直、売れるということはほとんど無くて、親の脛《すね》を齧りながら描いていた状態よ。個展の面倒を見てくれた画商さんが目をかけてくれてはいたんだけど、ネームバリューも実績もない小娘の作品なんか、買ってくれる人なんてそうそういないわ。その頃から、けして明るいとは言い難い絵だったし……そもそも私には、絵で身を立てるという発想がなかったの。自分のイメージ通りの作品を仕上げることが一番の関心事だったしね。いつ嫁に行くんだなんて、親は四六時中言ってたけど、ふふふ、こっちにそんな気はまったくなかったわ。

二十代の後半でN展に入選してからは、ずっとやりやすくなったかしら。どうやら私が絵の道でやっていけるらしいとわかると、家族もうるさく言わなくなった。絵を買ってくれる奇特な方も、ぽつぽつと現れ始めたし。

もちろん、その間にも、しのぶさんからの年賀状は届いていたわ。さすがに甥っこだけあって、幸生くんは年を追うごとに公彦さんに似ていった。髪形や着ているものを意識的に公彦さん風にしているから、なおさらよ。

けれど、幸生くんが九歳くらいになった頃だったかしら。送られてきた写真を見て私は思ったの。このまま成長しても、幸生くんは公彦さんと同じような顔にはならないだろうって。

確かに顔の輪郭や鼻筋、口の形は似ているのだけれど、公彦さんの顔の中で一番印象的な目が、幸生くんは違っていたの。公彦さんはくっきりとした二重瞼だったけれど、幸生くんの目は母親に似たらしくて、どこか腫れぼったい奥二重だった。眉も公彦さんより太くて、男らしい感じよ。きっと大人になったら、女性的だった公彦さんとは正反対の、逞《たくま》しいイメージの男性になるんじゃないかと私は思ったわ。

幸生くんにとっては、きっとその方が幸せよね。しのぶさんがいくら自分の理想に近づけようとがんばっても、やっぱり幸生くんは幸生くん。公彦さんとは違うのだもの。

公彦さんと似ている部分が減れば減るほど、しのぶさんもきっと変なことを考えなくなるんじゃないかしら。

それならそれでいいことだと私は思ったのだけれど、あれはいつ頃からだったかしら……ある年の年賀状から、ちょっと気になる一言が添えられるようになったのよ。同封されている幸生くんの写真の裏に、二十歳まであと何年……って書かれているの。初めのうちは、それがどういう意味なのか、よくわからなかった。呑気な私は、ただ単純に成人するまでのカウントダウンだろうとばかり思ったの。しのぶさんも意外と親バカなんだなぁ、なんて考えたくらいよ。けれどある時、その数字の意味がはっきりとわかったの。

確か人気アイドルが飛び降り自殺して、世間を騒がせた直後のことよ。つい昨日までテレビで歌ってたアイドル歌手が、飛び降り自殺なんて激しいことをしたのだもの、世間は大騒ぎだった。何人もの若い人が後追い自殺をして、社会問題にもなったわね。

あの事件をいっそう衝撃的にしたのは、雑誌に載った自殺現場の写真だと思う。まさしく飛び降りた直後、若い女性が地面にうつぶせに倒れている写真。彼女がアイドル歌手だということを差し引いても、その姿は十分に衝撃的だった。

なぜそんなことを覚えているかというと、ちょうど私が、この家を手に入れた頃だからなの。もともとは仕事場としか考えていなくて、初めのうちは一か月ここに籠って、二週間家に帰る……みたいな生活をしていたの。だから家族のほかには、誰にもここの住所は教えていなかったわ。

実は初めてこの家に来る途中に、そのアイドルの自殺現場写真の載っている雑誌を買ったの。すごくショックを受けて、私は思わず模写してしまった。ふふふ、そうよ……ちょっと不気味な話だけど、このアトリエで初めて描いたデッサンがそれだったの。もしかすると今の作品モチーフの原型は、その写真だったのかもしれないわね。

その時は最初だったから、十日ほどで家に戻ったわ。そしたら、しのぶさんから手紙が届いていた。年賀状以外の郵便が来ることは今までなかったから、私は何だかいやな予感がしたの。

中にはいつものように、一枚の写真が入っていた。一瞬、公彦さんの本の口絵写真を、そのまま複写して送って来たのかと思ったわ。カメラから目線をはずした、女性のように美しい笑顔の……でも、違うの。同じポーズで着ているものも似ているのだけれど、それは間違いなく幸生くんだったのよ。

年こそ若いけれど、彼は公彦さんになりきっていた。今一つ似ていなかった目が二重瞼になって、どこか物憂げな表情まで生き写し。眉も公彦さん風の、細くて柔らかい線に整えられていて……本当に公彦さんがよみがえったとしか思えないほどよ。

整形手術を受けさせたんだって、すぐに気づいたわ。その成果があまりに大きかったのがうれしくて、本と同じポーズの写真を撮って送ってきたのね。

写真を裏返すと、しのぶさんの文字でこう書かれていたわ。

『これからが大変だけれど、きっとうまくやるつもり。二十歳まで、あと五年ちょっとだもの』

その時、鈍い私も初めて気づいたのよ。しのぶさんは、幸生くんを公彦さんの完璧なコピーにしようとしている。ただ外側を似せるだけではなくて、すべてを公彦さんと同じようにしようとしている。

それがどういうことか、久美子さんにわかるかしら？

しのぶさんは、幸生くんを二十歳で自殺するように育てているということよ。

そんなバカな……って思う？　そうよね、普通なら有り得ない。けれど私は、あのしのぶさんなら、そんなことも平気でやるに違いないと思ったの。

## 6

さすがの私も、もう黙ってはいられなかった。

とにかく急いで、封筒に書かれていた彼女の家に行ったの。場所こそ違っていたけれど、彼女は公彦さんと同じように、海の近くの町に住んでいたわ。

突然訪ねていった私を、しのぶさんは嬉しそうに迎えてくれた。若い頃とは別人のような、ガリガリに痩せた姿でね。

「お久し振りね。まさかあなたの方から来てくれるなんて、思わなかったわ」

まるで軸の曲がったコマの回転のような危うさが、その不健康そうな体からたち昇っていたわ。

狭い庭に面した部屋に通されて、私はしのぶさんと向かい合った。彼女の住まいは小さな建売住宅で、どこもかしこも神経質なくらいに磨かれていたけれど、窓から見える庭先が荒れ放題のままだった。昔見た、公彦さんのお家のように。

「お子さんの……幸生くんのことなんだけど」

下手に雑談なんかしたら、しのぶさんに引っ張られてしまうような気がして、私はすぐに切り出したの。当の幸生くんが学校に行っていて、家にいないのを確かめてからね。

「あなたの考えていることが、やっとわかったわ」

「今頃、わかったの？」

しのぶさんは、こちらがあきれるくらいに、あっけらかんとした口調だった。

「凜子さんなら、とっくにわかってるかと思ったのに」

「そんなこと、誰がわかるものですか」

私は真っ正面から、しのぶさんを睨みつけた。いくら抑えようとしても、彼女を許せない気持ちが湧いて出て、どうしようもなかったの。

「凜子さん、私たち、だまされてたのよ」

その私の視線から逃げるみたいに、突然しのぶさんは目を伏せて言ったわ。

「私たちだけじゃない……あの本を読んだすべての人が、だまされたのよ」

「どういうこと？」

「公彦さんの自殺の理由よ」

私の頭の中に、雪深い山の中で自らの首にナイフを当てている公彦さんが見えた。飛び散った血が真っ白い雪の上に降り注いで、その中に倒れ込む彼の姿……見なかったはずのその光景は、私には当たり前のものになっていたわ。公彦さんの本を手にしたその日から、心の中で繰り返し夢想してきたのだから。

「あの人は死に芸術性を求めて自殺したんじゃない……近所の小さな女の子にいたずらをしていたのが、ばれたからよ。警察に通報されて逮捕されるところだったの。それがいやで逃げ出して自殺したの」

その時耳の奥で、ごうっと強い風が吹き抜けたような気がしたわ。私は何も言い返せず、ただ彼女の言葉を聞き続けることしかできなかった。

「凛子さんも会ったことがあるでしょう？　あのババア……公彦さんの母親。あいつは優しげな顔をして、とんだ恥知らずよ。自分の息子が変質者だったっていうのを認めたくなくて、自腹であの本を出版したの。息子の薄汚さをすっぽりと覆い隠して、悲劇の主人公に仕立てあげるためにね。そうやって、世間と自分をごまかしたのよ」

身動きできない私を見つめて、彼女は嫌な笑いを浮かべたわ。

「凛子さんが今どれくらいショックを感じているか、よくわかるつもりよ。公彦さんは、私たちの青春の象徴だもの。私にとってもあなたにとっても、絶対に地に墜としてはいけないお星様だわ。だから、あなたにもわかるでしょう？　主人に、公彦さんのお兄さんに、この真相を聞かされた時の私の気持ちが」

「しのぶさん……まさかご主人を」

「すごく簡単だったわよ。海水を入れたバケツに、こんな風に頭を突っ込んでね。上から力いっぱい押さえつけるの。あらかじめお酒をたくさん飲ませておいたから、ほとんど暴れなかったわ。それにほら、昔の私は太っちょさんだったじゃない？　ちょっと体重をかけるだけでよかったのよ。ふふふ……」

まるで自慢話をするみたいに、しのぶさんは目をきらきらさせて言った。もう彼女がまともな神経を持っていないのが、その表情から簡単に読み取れたわ。

「主人だけじゃないわよ……あのババアだって、その亭主だって、ちゃあんと罰を与えてやったんだから。知らなかったでしょ？　疑われないように、うまくやったもの。息子二人を失ったかわいそうな年寄り夫婦が首を吊ったら、世間はそんなものかと勝手に納得してくれるから楽だったわ。新聞には小さく載ったけど、凜子さん、見なかった？」

彼女が何か言うたびに、部屋の温度が下がっていくような気がしたわ。けれど掌と胸にだけはいやな汗が滲んで、私は何度も眩暈《めまい》を感じてたの。

「でも、あの夫婦には、ちょっとばかり感謝もしているわ。少ないけれど保険を掛けていてくれたおかげで、今、私は自分の芸術品作りに集中できるんだから。ふふふ……私はきっと、完璧な公彦さんを作りあげてみせる。汚らしい変態趣味なんか持ち合わせていない、真に美しい公彦さんをね。写真、見てくれたでしょ？　目をちょっと直しただけで、あの子は公彦さんそっくりになったわ。もちろん、あの子は何も知らない……目の病気を治療したって言ってあるから。そもそもあの子は、公彦という叔父の存在さえ知らないの」

しのぶさんの口調は夢見る少女そのままだったけれど、顔には歪《いびつ》な表情が張り付いていて、とてもまともに見ることはできなかったわ。モルモットのような柔らかさなんてどこにも無くなって、下水道の底で共食いするドブネズミのような不気味さに満ちていたの。その顔のまま、黒魔術の呪文でも唱えるように、彼女は言葉を吐きだし続けたわ。

「あの子は二十歳で死ぬの。自殺するのよ。苦悩の果てに、美しく死ぬの……私はあの子のために泣くわ。美しかったあの子を思って、いつまでも泣くわ。そしてあの子の思い出を本にして出版する。それを読んだ若い子たちが、たくさん手紙をくれる。家にもやって来る。きっとお墓参りもしてくれるでしょうね……私やあなたみたいに」

「そんな思い通りに行くはずがない！」

ソファーの肘かけを叩いて、私は言い返した。だって、そうでしょう？　自分で死を選ぶからこその自殺よ。他人に言われて死ぬ人なんか、いるかしら。

「本当に凜子さんは鋭いわね。確かに人ひとり自殺に追いやるのは簡単じゃない。今も暗示をかけているけれど、どこまでうまくいくか」

「暗示ですって？」

「人間に一番大切なのは、やっぱり教育だわ。教育が人格を作るのよ。やり方しだいで、白を赤と信じさせることもできるわ。私が何を言いたいか、わかる？　あの子は、祖父母の死が心中だって信じ込んでる。自分の父親も、おそらく自殺だろうって思ってる。私がそう教えたのよ。つまりあの子には、自分は自殺者の血統だって刷り込ませてあるの。本当にそんな血統があるものかどうかは知らないけど、人間は思い込む生き物だから効果は大きいわ。あの子も、自分はそういう運命に生まれついていると信じ始めているみたい」

私は聞いていられなくなって、思わず掌で耳を押さえた。けれど彼女はまったく気にせずに、得意げに話し続けたの。

「特に今頃は、不安定な年頃だから……あの子、今とても自殺に関心があるみたい。この間も、飛び降り自殺したアイドルがいたでしょ？　あの事件の雑誌の記事を、後生大事に机の中にしまってあるのを見たわ。頼もしい子ね。でもどうせなら教えておかないと……雪深い山の中で薬を飲んで首を切るのが、一番美しい死に方だって」

「あなた、まともじゃないわ！」

「万一思い通りにいかなかったら、別の方法だって考えてあるの。でもなるべくなら、その方法は取りたくない。だから私、がんばるわ。きっとあの子に、りっぱな結末をつけさせてみせる……でも二十歳までは生きてもらわないとね。ふふふ、その前に死んだら、親不孝よ」

とうとう耐え切れなくて、私は席を立った。彼女と同じ部屋にいるだけで、自分までおかしくなるような気がしたわ。

「凜子さん、あなた、芸術家でしょう？　だから私の気持ちも、わかってくれるわよね？」

その言葉を背中で聞きながら、私は部屋を飛び出したわ。外に出ると、力いっぱい走ってその家から離れたの。少しでも足を緩めると、彼女の声が黒い影になって追いかけてくるような気がして、なかなか止まることができなかったわ。

あら、どうしたの、久美子さん？　気分でも悪いの？

ちょっとウィスキーを飲み過ぎちゃったかしら。ずいぶん顔が赤いわよ。

ふふふ……やっと薬が効いたみたいね。やっぱりあなたのようなグラマーな人だと、薬が体に十分に回るのも時間がかかるものね。こんなにかかるなんて思っていなかったから、ずいぶんしゃべっちゃった。ここまで話したのは、あなたが初めて。

さぁ、このベッドの上に寝て……大丈夫、何も心配することなんてないの。上着を脱がしてあげる。どう、指一本動かせないでしょ？　でもほら、今、手の甲をつねったけど、十分に感じるでしょ？

あなたのグラスに入っていたのは、感覚を残したまま、体の自由を奪う薬。世の中には便利なものがあるものね。量を間違えると、そのまま起きあがれなくなっちゃうらしいんだけど。

さぁ、服を脱ぎましょう。ふふふ、大きなお人形さんみたいで可愛い。

そうそう、お話を最後までしてあげないと……あなたには、それを知る権利があるんだから。

今まで話したことは、すべて事実よ。しのぶさんは本当に、自分の子供を自殺させようと努力したの。

けれど計画は成功しなかった。どうしてかって？

簡単なことだわ。私が幸生くんに、公彦さんの本を読ませたの。そしてしのぶさんの計画を、全部ぶちまけてやったのよ。あなたの母親はまともじゃない、このままだとあなたは必ず殺される……ってね。

真相を聞いたことで、幸生くんが本当に自殺してしまう可能性だってあったかも知れない。彼が絶望するのには、十分な事実なんだから。

けれどそんなこと、私の知ったことじゃない。正直に言うと、彼が死のうが生きようが、どうでもよかったの。ただ私は、公彦さんの安っぽいコピーができることだけは、どうしても許せなかった。模造品の存在が、たまらなく不愉快だったの。

それで幸生くんは、どうしたと思う？

繊細だけど、やっぱり男の子ね。思い切ったことをするわ。彼、しのぶさんの前で、自分の顔をナイフでめちゃめちゃに切り刻んだのよ。公彦さんのコピーから抜け出して本来の自分を取り戻すためには、あの顔を捨てる必要があると考えたのね。

もう、わかった？ そう、彗星荘画廊の主人の結城さん。彼が幸生くんよ。結城は偽名で、本名は朔田幸生くんなの。

かわいそうに、見るも無残な顔になったわが子を見て、しのぶさんは壊れてしまったわ。とうにまともじゃなかったけど……今も、郊外の精神病院に入っている。たぶん、ずっと出てこられないでしょう。

もっとも彼女には、それが幸せなんだと思う。しのぶさんは自分の世界に閉じこもって、自分の公彦さんを思い続ければいいいわ。初めから、この世のどこにもいなかった美しい公彦さんをね。

彼女の思いは、ある意味、真実よ。それは認めてあげる。けれど、本当の公彦さんをねじ曲げたコピーを作ろうと考えるのが、彼女の限界ね。しょせんはその程度なのよ。

私はあくまでも本物でないと満足できないわ。ふふふ……。

自殺した人間が、死んだ後もその場所にとどまり続けるって話、あなたは信じる？　夏場の怖いテレビなんか見ると、よく地縛霊《じばくれい》がどうとか言ってるでしょ？　あれは本当なのよ。

この家はね、公彦さんが自殺した現場の上に建ててあるの。家の形をしているけれど、本当は、公彦さんの大きな大きなお墓なのよ。

彼はやっぱり、この場所にいたわ。私が引っ越して来て、すぐに姿を現したの。どうしてかっていうとね……やっぱり女性が恋しかったみたい。色情の因縁は、死んでも容易に断ち切れないものらしいわね。

私たち、結婚したの。

この家の中で、いつも一緒にいるわ。絵を描く時もくつろぐ時も、もちろんベッドの中もね。

でも、ずるいわよね……あの人はいつまでも二十歳のままなのに、私はどんどんおばさんになってしまうんだもの。ふふふ、あの人、ときどきは若い女性にも触れてみたくなるらしいの。もともと小さな女の子が、一番好きらしいんだけど。

あら？　久美子さん、泣くなんておかしいわ。

あなたは自分の功名のためなら、女の武器も平気で使える人なんでしょ？　私にインタビューするために幸生くんを誘惑して、口に出すのも恥ずかしいことまでしたって言うじゃない。幸生くんが言っていたわよ……「おばさん、すばらしい売春婦がいるよ」って。私はあなたみたいなクズ女を、ずっとずっと待っていたの。

大丈夫よ、久美子さん。約束は守るわ。私の本が書きたいんでしょ？　いいわ、お書きなさいな。ちゃんと協力してあげる。

ただし、あなたが公彦さんに抱かれて、まともな精神のままでいられたらね。

ほら、よく見て。

あそこのドアの前……ストーブの熱か何かで、空気が歪んでいるように見えるでしょ？　でも、違うのよ。ほら……。

今、彼があなたにほほ笑みかけたの、わかった？

# 月の石

# 1

まぶしい朝の光の中を、電車は走っていた。

前夜の台風が塵芥《じんかい》を吹き飛ばして、秋の空は明るく晴れている。まだ濡れているアスファルトや家の屋根が陽射しに光って、世界はそれなりに美しい。

だが、その景色を眺める藤田の心は重かった。

(自分はやはり、恨まれているのだろうか)

ラッシュ・アワーの混雑した車内で吊り革にすがり、あの男のことを考える。

電車が走っている高架は、ビルの四階ほどの高さだ。見晴らしはいいが、見えて嬉しいものは何もない。建売住宅の固まり、ちょっとした商店街、スーパーの看板やマンションが、左から右へとかわり映えもなく流れていく。

やがてG駅に電車が止まった。

別の路線への乗り換えで、かなりの客が降りていく。息がつけたと思うのは早計で、すぐにそれ以上の客が乗ってくる。慌ただしい新陳代謝をして、電車は再び動き出す。

(また今日もいるのかな)

自然と藤田の目は窓の外に注がれる。絶対いるだろう、という確信がある。いないはずがない。

そう思うと、満員の蒸し暑い電車の中だというのに、首筋から頬にかけて寒気が走る。今日もあの男はあの窓べに立って、流れていく電車を見つめているだろう。そして自分の姿を、目を皿のようにして探しているに違いない。

G駅を出て少し走ると、賑やかな通りはすぐに終わって、やたらとマンションが多い住宅街になる。やがて線路ぎりぎりに建っている古びた煉瓦《レンガ》色のマンションが見えてくる。その一番右端の部屋だ。

(やっぱりいる……!)

電車がその部屋の間近を通り抜けた時、藤田は今日も、窓べにたたずんでいるメガネの男の姿を見た。ほんの数秒のことだったが、はっきりと男と目が合う。

男はグレーのスーツを着て、胸ポケットにペンらしいものを挿している。黒ぶちのメガネをかけ、への字に結んだ口元は何か不満ありげだ。髪を七三に分けてはいるが、左後頭部が寝ぐせで撥ねている。どこか疲れていて顔色も良くない。

この春先まで、毎日のように見ていた顔——一目見れば、本村だとわかる。藤田課長、と自分を呼ぶ声まで聞こえる気がする。

(やっぱり今日もいたな)

電車はごく当たり前にマンションの横を通過していき、男の姿はすぐに視界から外れた。けれど目が合ったほんの一瞬の時間が、大きく重い塊となって藤田の心の中に沈んでいく。

あの窓べに立つ本村の姿を初めて見たのは、三日前の朝だった。今日と同じように吊り革につかまり、ぼんやりと窓の外を眺めていて、たまたまそのベランダを見たのだ。

藤田は通勤にT線を使っている。会社までは、乗り換えなしで約五十分。途中から電車は地下鉄H線に乗り入れ、コンクリートの闇の中を走るが、それまではぼんやりと窓の外を見て過ごす。

土地が余っていないのか、G駅付近には線路ぎりぎりに建てられたマンションがいくつもあった。建物と線路が四、五メートルぐらいしか離れていない場所もあり、電車はまさしく他人の家の鼻先を通り過ぎることになる。

その日もG駅を発車した電車は、その煉瓦色のマンションの横を、ごく当たり前にすり抜けた。

電車から見下ろす位置だったから、おそらくその部屋は三階か四階であるに違いない。ベランダには古びたサーフボードが立てかけてあり、いくつか鉢が並んでいた。焦げ茶色のアルミサッシの戸があり、ガラスの向こうにはレースの白いカーテンがかかっている。そのカーテンが三分の一ほど開いていて、その隙間から男の姿が見えた。

まるで吸い寄せられるように、藤田の目は自然とそちらに向いた。男は電車を見送るように〝気をつけ〟の姿勢で立っていたが、目だけはこちらを見ていて、車両の中の藤田と一瞬目が合った。

（本村さん……か？）

藤田は目を見開き、思わず息を飲んだ。

その姿は、あまりに本村に似ていた。彼の家は、この沿線ではなかったはずだが。

その前日、藤田は部下の若い社員から、久し振りに本村の消息を聞いていた。

「前にU駅前のラーメン屋さんで、本村さんを見ましたよ」

残業の後、遅い夕食を一緒に食べに行こうと部下は誘ってくれたのだが、藤田はやんわりと断った。その会話のついでに、若い社員は切り出したのだ。

「俺よりも年下らしい男に怒鳴られながら、丼を洗ってました。もともと、そんなに要領のいい人じゃなかったじゃないですか……似合わない仕事をしてるなって思いましたよ」

話を聞きながら、見てもいないその光景が目に浮かんだ。

確かに本村は機敏さに欠けているところがあり、短時間のうちに要領よくこなす必要があるような仕事には、あまり適性があるとは思えなかった。

「リストラされるっていうのは、大変なことなんですね。自分もせいぜいがんばりますよ」

笑いながらそう言うと、若い社員は仲間たちと賑やかな街の方へと消えていった。藤田の胸に、ちりちりとした痛みが残った。

本村は今年の三月末付けで、会社を去っていた。本人が望んだ退職ではない。

藤田の会社は、日用雑貨や一部の家電品を扱う仲買商社である。けして小さな会社ではないが、長く続く不景気のために、すっかり勢いをなくしてしまっていた。

人員を整理するように、という指示が上から来たのは、年明けまもなくのことだ。自分の課から最低一人の人間を切れと、課長である藤田は命じられた。

その候補者を決めるのに、藤田はさんざん悩んだ。営業成績を見る限り、本村がもっともそれに相応《ふさわ》しかった。けれど、簡単に決めてしまうには抵抗があったのも確かだ。藤田より三つ年上の彼には二人の子供がいて、下の子は体に障害を持っている。その子の面倒を見るために、本村は残業や休日出勤を忌避していたのだ。その事情がわかっていたから、藤田を含めた周囲も、彼には過度の要求をしなかった。だが営業成績が芳しくないのは事実であった。

結局彼は、退社を余儀なくされた。最終的な判断は上司だが、彼をリストの最前列に置いたのは自分だ。やむを得なかったこととはいえ、長い間、藤田の胸に鈍い痛みが残った。

彼をかばってやることが、自分にはできたかもしれない。家族のためにがんばっていた彼の気持ちが、今なら十分に理解できる。

(世の中には、そっくりな人間もいるもんだな)

たった今見た男の姿を思い出しながら、藤田は考えた。本村みたいな風貌の男は、世の中にはたくさんいるだろう。自分はたまたま、彼に似た人間を見ただけのことだ——

その時は、そう考えるだけで終わった。

だが明くる日も、その翌日も、藤田はその男を見た。

やはり同じように、サーフボードのあるベランダの窓べで〝気をつけ〟の姿勢で立っていた。毎日、まったく変わらない姿勢だった。自分が初めて見た時から、ずっとそのままの姿勢でそこにいるような気さえした。

そして、今日——やはり、男は窓べに立っていた。

見れば見るほど、男は本村に似ている。けれど、彼自身がその部屋にいる可能性は、どう考えても少ない。もう本村はこの世の人ではないのかもしれない……という考えまで浮かぶ。

(俺のことを、恨んでいるのだろうか)

そう考えているうちに電車は地下に入り、目の前の景色が中途半端な鏡になった。たくさんの人間に取り囲まれた自分の姿が、ぼんやりと映って見える。その乗客の中にまで本村が混ざり込んで、どこかから自分をじっと見つめているような気がした。

その日の夜、会社帰りに智子の病院に寄った。

本来の面会時間はとうに過ぎているが、病室が個室なのをいいことに、いつも大目に見てもらっている。

「どうだい、調子は?」

ベッドサイドの椅子に腰を下ろして、藤田は明るい声で言った。たとえどんなに疲れていても、どんなに気が塞いでいても、ここに来る時はいつも明るい笑顔でなければばならない。

「今日はすごく気分がいいの。なんでこんなところにいるのかわからないくらいよ」

智子はベッドの上に身を起こして、編み物をしていた。サンドベージュの毛糸玉が、白いシーツの上で生き物のように動いている。

「だからって、あんまり調子に乗るなよな」

藤田はそう言いながら、毛糸玉を手に取った。懐かしい手触りだ。掌で押すと、柔らかな力で押し返してくる。久しく触れていない智子の乳房をふと思い出す。

「のんびりしてたら、冬になっちゃう。何せ大作なんだから」

「気持ちはわかるけど、無理して調子を崩したら何もならないだろ」

「だいじょうぶ。少しでも疲れたら、すぐに休むから」

笑う智子の顔は、月光を浴びているように白く澄んでいた。目の下の黒ずみが目立たないところを見ると、調子がいいというのは、まんざら嘘でもないようだ。

「髪、きれいだね……洗ったんだ」

「うん。今日、三輪ちゃんがやってくれたの」

三輪ちゃんは智子の担当看護師で、職歴二年めというわりには、よく気のつく頼りがいのある女の子だった。智子とは一まわり以上も年が離れているが、同じ音楽アーチストが好きだという縁で、姉妹のように仲がいい。この毛糸も、彼女が休みの日にわざわざ買ってきてくれたものだ。

仕事に追われ、会社を出るのが十一時過ぎということも珍しくない藤田は、毎日病院に顔を出すということができない。親類も近くにいないので、頼れるのは病院のスタッフだけだ。人の紹介で入った病院だが、みんな本当に良くしてくれている。

　智子がここに入院してから、もう三か月が過ぎていた。病状は一進一退……ではなく、ゆっくりと悪化している。発見された時にはすでにかなり進んだ状態で、初めから治る見込みは薄かった。けれど、希望がゼロというわけではない。その一点のみにすがって、智子は治療を続けていた。

「コウさん、今日は何か面白いことあった?」

　智子は編み物の手を止めることなく尋ねた。子供がいないからというわけでもないだろうが、同い年の藤田と智子は、今でも友だちだった頃の呼び名でお互いを呼ぶ。

「正直に言うと、特になかったね。会社勤めなんかそんなものさ」

　通勤電車の窓から見える本村の話をしたら、どんなに驚くだろう。もちろん、口が裂けても話すつもりはないが。

「トモの方はどうだった?」

「回診の時、坂崎先生が、この写真を見て驚いてた。昔はどこの家にも、必ずこのポーズの写真があったって」

　主治医の坂崎先生はみごとな白髪の老人で、智子の病気に関しては、国内では五本の指に入ると言われている名医だ。

「おいおい、先生に見せたのか?　これ」

　ベッドの横の引き出しの上にのっている古い写真をつまみあげて、藤田はおどけた声を出した。自分の小さい頃の写真で、兄貴と一緒に並んで奇妙なポーズを取っているものだ。

片足立ちの軸足に余った片足を絡ませ、左手は胸の前、右手は頭上にかざした、おなじみ『おそ松くん』のシェーッ！　のポーズだ。他人に見せていいものではない。

藤田は苦笑いしながら、幼い自分の白黒写真を眺めた。

故郷の家の庭先で撮ったもので、半ズボンにタイツを穿き、白っぽいセーターを着ていた。そのセーターは母の手編みで、胸を横切って太いラインが入っている。智子にせっつかれて思い出したことだが、全体は薄いベージュでラインは鮮やかなブルーだ。智子は突如思い立って、入院中にこの母のセーターを再現しようと計画していた。

「お義母《かあ》さんも、若いわよね」

おどけたポーズの子供たちを、困ったような笑顔で見ている若い日の母が、写真の端に写っている。作為的な感じのしない、いい写真だった。

「そういえば……ごめんね」

編み物をする手を止めて、智子はすまなそうに眉をひそめた。

「お義母さんの法事、行けなくなっちゃって」

先週、故郷で母の法要が行われた。もちろん藤田も参加することになっていたが、智子の体を考えて取り止めたのだ。智子はそれを、いつまでも気にしている。

「謝ることなんて、ないだろう」

「でも、私が病気になんかなっちゃったから」

「別になりたくてなったわけじゃなし……兄貴たちも納得してくれてるから、何も気にすることなんかないよ」

智子は写真を見ながら、ふっと黙り込んだ。きっと母のことを考えているのだろう。自分と同じように、母の死は智子の中でも深い傷になっているのだ。

「だいじょうぶ……母さんだって、わかってくれてる。いや、病気のトモを一人にするくらいなら、絶対に来るなって言うよ」

藤田は智子の細い手を、そっと握りしめながら言った。あの母だったら、本当にそう言うだろうと信じたい。

母は四年前に、故郷の町で死んだ。

藤田を含めて四人も子供を産んだのに、誰も最期を看取らなかった。言い訳がましい言い方をさせてもらえば、看取れなかったのだ。

藤田の上に一人兄がいて、下に弟と妹が一人ずついる。どうしたわけか、きょうだいは日本中に散らばっていた。兄は名古屋、藤田と妹は東京、弟は沖縄だ。それぞれ、仕事や結婚相手の都合だった。

父が七年前に亡くなってから、母は故郷で一人暮らしをしていた。誰かが引き取って同居するか、あるいは誰かが故郷に戻るべきではないかときょうだいで何度か話し合った。だが、誰もが自分の暮らしで手いっぱいだった。話し合いはどうしてもエゴのぶつかり合いになり、時にはみにくい言い争いになった。

もちろんきょうだいにすれば、少しでも長く故郷で暮らしてもらう方が助かる。体が弱くなってしまったのならともかく、まだ足腰が立つうちは一人で何とかできないものだろうかと、誰もが考えていた。

「今さら、知らない土地になんか住みたくないからね」

先手を取るように、母の方からそう言ってきた。聡《さと》い母が、子供らの心を見抜かないわけがない。自分の処遇について、皆がいがみ合いのような議論をするのが耐えられなかったのだろう。

今となっては、母の本音は確かめようがない。

慣れた土地で一人気楽に生きたかったのか、見知らぬ土地に来てでも子供の誰かと暮らしたかったのか。

それを改めて問いただす間もなく、母は故郷の家で孤独死した。死因は脳溢血で、家の台所で倒れていたのを、訪ねてきた友だちのおばあちゃんが見つけてくれたのだ。

その人にすれば、親をほったらかしにしていた子供たちに、一矢報いてやろうという気持ちだったのかもしれない。母の通夜の席に現れた彼女は、藤田たちに言った。

「お母さんはいつも、寂しい寂しいって言ってたよ」

藤田たちには返す言葉もなかった。

それが本当なのかどうか、判断することさえできない。仮に本当だとしても、自分たちに何ができただろう。

だから、晩年の母の心を考えるのが怖い。

(きっと、ふがいない俺たちを恨んでいただろう)

（いや、母さんに限って、変な遠慮なんかするはずがない）

（慣れた土地に住み続ける方が、きっと気楽だったに違いない）

（倒れた時、一人でどんなに心細かっただろう）

親を一人で死なせてしまった以上、どんな言い訳を並べても、心の重荷を軽くすることなどできはしない。

藤田は、明るい気持ちで母を思い出すことができなかった。その面影を思い出すと、胸に刺さった大きな棘《とげ》が、ひりひりと痛んでしかたない。それは嫁である智子にしても同じなのだ。

「体が良くなったら、二人で墓参りすればいい。とにかく今は、病気を治すことさ」

艶やかな光を放っている智子の髪を撫でながら、藤田は言った。

こんなにきれいな髪をしているのに、どうして智子は病気なのだろう。そんなことが、まるで嘘のように思える。

「お義母さんが好きだった桃を、たくさん持っていこうね」

智子もまた、自分の体のことを忘れたかのような口調で言った。

*2*

電車が駅に止まった。

同じホームの向かい側に準急電車が待っていて、何人かの乗客が急ぎ足で行き来する。

藤田は通勤に、各駅停車の普通電車を使っている。少しでも時間を節約したい時は、準急に乗り換えれば、ほんの数駅をとばすことができる。だが、結局は地下鉄に乗り入れる路線に乗り換えなくてはならないので、大した差はないのだ。うまくいって、せいぜい一本前の電車に乗れるくらいの利点しかない。

やがて二つの電車は、ほとんど同時に発車する。隣り合った線路を、しばらくは同じようなスピードで並んで走る。さっきまでこちらにいた若い男が、今は向こうの電車に乗っているのが見える。

普通列車は競うようにスピードをあげて、準急を追い抜いていく。車窓越しに、向こうの車両の人の顔がよく見える。お互いが見えているのに、なぜか目を合わせないようにしている。

やがて隣の駅が近づいてきて、普通電車は速度を落とし始める。逆に準急のスピードが乗ってきて、さっき追い越した顔に今度はこちらが追い越される。線路の距離も離れていき、つかのま見知った顔が遠ざかり、やがては見えなくなる。

人生もこんなものだと、藤田は思う。

同じ車両に乗り合わせ、乗り換え、追い抜き追い越され、やがて離れていく。線路が交わることは二度とない。

そんな風に別れてきた人たちが、たくさんいる。幼い頃の友だち、学校の同級生、心がすれ違って別れたかつての恋人——彼らは今、別の電車で遠い場所に行ってしまった。母もまた、もはや藤田が訪ねることのできない場所に旅立った。そしていつかは智子も……。

電車はG駅に止まり、たくさんの人たちを吐き出して、また発車する。まもなく、例のマンションの前を通過するだろう。そしてそこには、やはり窓べにたたずむ本村の姿があるに違いない。

今日は見ないでおこうか、と藤田は思った。

朝、あの姿を見ると、一日中頭を離れない。おかげで近頃では、知らず知らずのうちに本村のことを考えてしまっている。彼をリストの先頭に置いた自分の非情さを、片時も忘れることができない。

しかし、こちらから目を背けるのも、何だか癪に障るような気がする。

本村が退社に追いやられたのは、すべて自分のせいというわけではない。不景気が会社を傾けなければ、彼は今も変わらずに会社にいただろう。自分ばかりが恨まれる筋合いはない。彼も社会人なら、それくらいのことはわかりそうなものだ。いっそ、睨み返してやろうか。

ごくわずかな間に、頭の中にさまざまな感情が湧いてはぶつかりあった。けれど、どちらにするかを決める前に、車窓の向こうに煉瓦色のマンションが現れた。視線は反射的に、あの窓に向いた。

(そんなバカな！)

電車はごく当たり前に、マンションの前を通り過ぎた。いつものサーフボードのあるベランダを見た藤田は、危うく声に出して叫んでしまうところだった。

その窓べに本村の姿はなく、かわりに別の人間が立っていた。本村と同じような〝気をつけ〟の姿勢で、どこか不機嫌そうな表情を浮かべて、じっと自分を眺めていた。その人物を見た瞬間、体中に鳥肌が立った。

（お、お母さん……！）

そこにいたのは、母だった。

その顔、表情、姿勢、たたずまい――うり二つという言葉さえ生易しい。四年前に死んだ母そのものだ。髪は半分以上白く、背筋が少し丸まっている。着ている白いカーディガンは、確か母の日に智子が贈ったものではないか。

間違いない。あれは母だ。出張のついでに足を延ばして、故郷まで会いに行った時の姿そのままだ。自分がこの目で見た最後の姿で、その十か月後に再会した時、母は棺の中だった。

初めてその窓べに本村の姿を見た時、単なる他人の空似だろうと藤田は考えた。本村のようなメガネをかけ、本村のような顔、本村のような髪形の人間なんて、この世には掃いて捨てるほどいる。単なるそっくりさんが、たまたまそこにいただけだ……と。

それが母親に変わっても、理屈は同じはずだった。母のような外見、母のような背格好、母と同じ服を持っている老婆が、世の中にはどれほどいるだろう。

きっとあの部屋には、本村によく似た男と母によく似た老婆が住んでいるのだ。二人はうるさい音をたてる電車にイラついていて、カーテンの隙間から忌々しげに睨みつけているに違いない。きっとそうだ――必死でそう信じようとしたが、考える側から無理があるとわかった。

あれは間違いなく、母その人だ。肉親だからこそ、わかることもある。あれは自分が生まれた頃から知っている母が、年を取った姿にほかならない。

本村が四日続けてその窓べにいたように、母親も毎朝、通過していく藤田を見送るようになった。

藤田はなるべくその部屋に目を向けないように努力してみたが、なぜか見ないでいることができなかった。煉瓦色のマンションに近づくと、どうしても目が吸い寄せられてしまう。そして前日と変わらない姿でいる母に似た老婆の姿を認めて、不安と罪悪感を抱え込んだ。

ときどき何の前ぶれもなく、母ではなく本村が立っていることもあった。彼もまた以前と変わらない姿で、カーテンの隙間からこちらを眺めていた。

二人が一緒に現れないのは幸いだった。もし二人が並んで立っているのを見たら、きっと自分はどうにかなってしまうだろう。

そんなことが二週間も続くと、藤田は二人が霊魂だと信じるようになった。

孤独に死なせたあげく法要にも欠席している自分を、母は恨んでいるに違いない。本村も、きっとそうだ。確かめる術《すべ》はないが、おそらく彼もすでにこの世にはいないのだろう。そして自分をリストの先頭に置いた藤田を憎み続けているのだ。

しかし、仮にそうだとしても――なぜ二人があの部屋にいるのか、その理由がわからない。自分に恨みがあるのなら変な回り道をせずに、自分のところへ真っ直ぐに来ればいいではないか。なぜ、わざわざ知らない家の窓べに立つ必要があるのだろう。あの部屋に何か、死者の魂を引きつけるものでもあるのだろうか。

いっそ電車を降りて、あの部屋にどういう人間が住んでいるのか、確かめに行きたい気がする。けれど自分には、とてもそんな勇気をふり絞ることなどできない。二人がそのままの姿でそこにいたら……と思うと。

ある日、一人の自宅に帰ると、ポストに分厚い封筒が届いていた。差出人は妹だった。中を開けてみると、たくさんの古い写真が入っていた。

そういえば故郷での法要の後に、母が持っていた写真を皆で分けたと妹が電話で伝えて来ていた。これが自分の取り分ということらしい。

「あぁ、懐かしいなぁ」

同封された写真を眺めながら、藤田は思わずつぶやいた。

赤ちゃんの頃から大学に入学して東京に出るまでの写真があるが、やはり幼い日のものが多い。たった一枚の大型封筒で間に合うほど数が少なくはないはずだが、たいていほかのきょうだいと写っているので、そっちが引き取ってしまったのだろう。その場にいなかった以上、文句はいえない。

帰りがけに買って来たコンビニの弁当をつつきながら、懐かしい写真を一枚一枚見た。今度、病院に持っていって、智子にも見せてやろうと思った。

数ある写真の中でも一番藤田を喜ばせたのは、大阪万博での写真だった。

腹にある巨大な顔が怖かった太陽の塔、巨大な魚の背びれを思わせるソ連館、ハニワ顔のスライムのようなガス・パビリオン——印象的な建物の姿と名前が、一枚の写真から瞬間的に頭によみがえる。

藤田のように、その時代を子供として生きた人間にとっては、万博は忘れられない出来事だ。テレビや映画の怪獣と同じように、誰もが競ってパビリオンの名前を覚えたものだ。

太陽の塔をバックに入れて撮った家族の写真を眺めながら、暑い会場を人波に揉まれて歩いた時のことが、鮮やかに思い出された。

大阪万博は一九七〇年の三月から九月にかけて開催されたが、藤田が家族で出かけたのは夏休みのことだった。大阪の京橋近くに住む母方の叔母の家に泊まったのだが、旅館がわりに家族で押しかけたものだから、あまりいい顔されなかったのを記憶している。

万博にはさまざまな呼び物があったが、藤田の目当てはただ一つ、アメリカ館の〝月の石〟だった。アポロ12号が持ち帰ったもので、煉瓦ブロックよりやや大きいくらいの大きさだったと思う。

「アメリカ館を見ようと思ったら、何時間も並ばんとあかんのよ」

近くに住んでいる者の強みで、すでに何度も足を運んでいる中学生の従姉妹《いとこ》が教えてくれた。

「小さいんでも良かったら、日本館にもあるで。ニクソンさんがくれたんや」

それは藤田も知っていた。しかし日本館にあるものは小石程度の大きさで、迫力の点では本家アメリカ館と大きな差がある。第一、マンガ週刊誌の巻頭カラーページで紹介されているのはアメリカ館の方ばかりで、当時の藤田にすれば、それを見ることに意味があったのだ。

結局、早朝に会場に行って開門を待つという、よくある手で対応するしかなかった。開場したらまっすぐ駆けつけ、アメリカ館に並ぼうというのだ。ところが、朝七時に会場の中央口北に着いた時点で、すでに長蛇の列ができていた。みんな考えることは同じなのだ。

藤田一家は不利だった。九時半の開門と同時にアメリカ館に走っていかなくてはならないのに、弟と妹はまだ小さい。太っている父親は馬力こそあるものの、速度が要求されるレースには向いていない。父譲りの体型の兄にも、やはり期待はできないだろう。

「だいじょうぶ。母ちゃん、こう見えても駆けっこは速いんよ」

心配げな藤田に、母は笑って言った。けれど藤田はその言葉を信じなかった。母が走るところなんか、それまでに一度も見たことがなかったからだ。

結局、頼りになるのは自分だけだ。藤田は事前に手に入れていた会場地図を眺めて、悲壮な心持ちでアメリカ館の場所を何度も確認した。

やがて開門し、たくさんの人がどっと中になだれ込んだ。目の前にはテレビで見慣れた太陽の塔があったが、みんなそちらには目もくれず、フランス館の前を駆け抜けていく。アメリカ館はその先のオーストラリア館の隣にある。

憧れの月の石のために、藤田は渾身の力を込めて走った。けれど、しょせんは子供の悲しさだ。はじめの数十メートルは踏ん張りも利くが、ある程度まで来ると爆発力はガクンと落ちる。愛する家族のためという大義を背負った大人の男には、到底かなわない。何人もの大人たちに追い抜かれながら、藤田はみじめで悲しい気持ちになった。

「何ね、もうへたったんか……康平もたいしたことないねぇ」

すぐ後ろで、母の声がした。駆けっこには到底向かない靴を履いていながら、母は全速力の自分について来ていたのだ。

「母ちゃん、先に行って並んどるから、父ちゃんたちとちゃんと来るんよ」

そう言うが早いか、ワンピース姿の母が、ぐんと加速した。すばらしい速さだった。ドカドカと音を立てて走るたくさんの父親たちを、小さな母が風のような速さでぶち抜いていく。ふくらはぎの筋肉の収縮が、後ろからよく見えた。かなり遅れながら、藤田もその後を追って走った。走っているうちに、不意に笑いが込み上げてきた。なぜだかはわからない。妙におかしくて、気持ちよくて、どうしても笑いたくなったのだ。

藤田は笑いながら走った。母の背中はどんどん遠くなっていき、やがて人の陰に隠れて見えなくなったが、それでも藤田は笑いながら走り続けた。

アメリカ館に着くと、母は長い列の中ほどに並んでいた。後で聞いた話によると、非番の万博従業員がフリーパスで入れるのをいいことに、ちゃっかり時間前に並んでいたらしい。結局三十分くらいは並んだが、藤田は不思議と楽しかった。

月の石は、半円のカプセルの中に入れられて展示されていた。そのセットは未来的でかっこよかったけれど、石そのものは強いライトのために、灰色一色の塊にしか見えなかった。月から持ってきたのだと思えばありがたい気もするが、そこらの石にペンキを塗ったものだといわれても、納得が行くような気がした。

その後、いろいろと遊んだ記憶はある。動く歩道で妹が転んで泣いたのも、暑さにうだりながら食べた冷やしパインのおいしさも、気が遠くなるほど並んで、あっという間に終わるジェットコースターのはかない面白さも、のちのち家族の語り草になった。

けれど藤田にとって万博の記憶は、母の全力疾走の姿がすべてだ。ノースリーブの薄い花柄ワンピースに黒いハンドバッグを肩にかけ、両手を大きく振り上げて走るその姿には、すさまじいインパクトがあった。母には短距離走の才能があったのかもしれない。

その母は晩年、孤独のうちに死んだ。気づく人もないまま、台所の流しのそばで倒れていた。訪ねてきた友だちが見つけた時には、すでに息を引き取って半日以上も過ぎていた。

それを思うと、藤田はたまらない気持ちになる。

あの日、自分のために母は走ってくれたのに、自分はまだ母のために走ったことがなかった。そのうち、そのうちと思いながら、あまりに突然に別れが来た。

母はもっと幸せな晩年を送るべきだった。けれど、そのためにするべきことを、自分は何もしていなかったのだ。

写真を眺めながら、藤田は知らず知らずのうちに涙を零《こぼ》していた。

あくる日も、電車はごく当たり前に走っていた。

藤田は数日前から、例のマンションに背を向けて電車に乗ることにしていた。智子のことで頭がいっぱいなのに、これ以上の悩みを抱え込んだら自分はどうにかなってしまいそうな気がしたからだ。幸い本村も母も、あの窓べ以外の場所には姿を現さない。見なければ、とりあえず心の中から追い出しておくことができる。

藤田は窓から顔を背け、車内の吊り広告を眺めていた。芸能人がデートしていたとか、どこかの役人が援助交際をしていたとか、五年前にも十年前にも聞いたことのあるような話が、センセーショナルな文字で報道されていた。

やがていつものG駅に着き、たくさんの人間が入れ替わる。けれど混雑はドアの周囲ばかりで、藤田が立っている中の方までには、あまり動きがない。

再び電車が走りだすと、藤田はきつく目をつぶった。マンションの方に背中を向けていたが、そうでもしないと落ち着かなかった。

駅を出てどのくらいでそこを通り過ぎるのか、何となく体が覚えている。きっと本村なり母なりが、この混雑した電車の中から自分を目ざとく見つけ出して、背中に視線を送っているはずだ——そう思うと、背中から首にかけてが、ちりちりと熱くなった。

突然、背中に何かが強く当たった。ちょうど、あのマンションの前を通る頃だ。

藤田はとっさに身をすくめた。まるで強引に自分を振り返らせようと、誰かが背中を叩いたように感じたからだ。

背中にかかる重みが、ぐっと増す。ゆっくり振り返ると、薄いグリーンのコートを着た婦人が、自分の背中にもたれかかっていた。何事かと思うまもなく、壁に立てかけた丸太ん棒のように、婦人はそのままずるずると倒れそうになる。藤田は慌てて向き直って、その体を後ろから支えた。

「どうかしましたか」

貧血かもしれない。ラッシュ・アワーの電車の中では、よくあることだ。

気がつけば藤田と婦人を中心にして、丸い空間ができていた。皆が皆、触らぬ神にたたり無しとばかりに、体を逃がしたのだ。あんなに混んでいたのに、なぜこれだけ空けられるのだろう。

自分だって関わりになりたくはないが、こうなってしまっては仕方ない。隣の駅で藤田は電車を降り、近くのベンチに婦人を座らせた。

改めてよく見ると、自分よりいくつも年上のようだ。着ているものや化粧がやけに華やかで、どことなく気の強そうな顔つきの婦人だった。一見して職業を想像することができない。

藤田はあたりを見回して駅員の姿を探した。通勤の途中なので、あまり長い間は構ってもいられない。あとは任せてしまうのが得策だろう。

「なんであんなところに、あの子がいるの……」

婦人の口から、そんな言葉が漏れた。

「大丈夫ですか」

藤田は呼びかけたが、その声が耳に届いているのかいないのか、婦人は青ざめた顔で、なおもつぶやく。

「なんであんなところに、ユミコが」

その言葉を聞いた時、彼女がなぜ倒れたのか、わかったような気がした。藤田は思わず婦人をのぞき込んで尋ねた。

「誰かを見たんですか?」

「ユミコ……ユミコが」

婦人の意識はまだ半分、朦朧《もうろう》としているようだ。

「もしかすると煉瓦色の古いマンションの、端っこの部屋ですか? ベランダにサーフボードが置いてある」

「なんで、あんなところにユミコがいるの」

やがて異常を見て取った駅員が、ベンチの近くにやってきた。藤田は婦人の介抱を頼んで、その場を離れた。

すぐに電車が来たが、藤田は乗らなかった。しばらくホームに立ち尽くして何ごとか考え、やがて意を決したように、下り電車のホームに向かった。

おそらく、あの女性も誰かを見たのだ。あのマンションのあの部屋の窓べに、彼女の知っている誰かの姿を。

## 3

そのマンションはオートロック式ではなく、その気になれば誰でも入れる昔ながらのマンションだった。玄関回りには自転車やバイクが雑然ととめられていて、住民たちの公共心のなさが感じられた。玄関ホールは暗く、秋だというのに、どこか湿った空気が漂っている。

例のサーフボードのある部屋は、四階の一番西側だというのを下から確かめてある。四〇六号室だ。集合ポストで住民の名前を調べようとしたが、書かれていなかった。ただポストの金属扉が、誰かに激しく殴りつけられたように歪《ゆが》んでいるばかりだ。

ちょうど止まっていたエレベーターに乗り込み、四階に上がる。ジュースでもこぼしたのか、カーゴの床が粘ついていて、靴底を剝がすたびにセロテープのような音をたてた。

エレベーターを降り、線路側の方に歩いていくと、すぐに四〇六号室の前に出た。やはり表札は出ていない。

(俺は何をしようとしているんだろう)

わざわざ会社に遅刻の連絡を入れてまで、我ながら奇妙なことをしていると思う。けれど、もう確かめずにはいられないのだ。

この部屋の窓べに、代わるがわる立っていた本村と母。今まで、自分にだけその姿が見えるのだと思っていた。だが、それは違う。電車の中で倒れた婦人も、誰かを見たのだ。

たくさんの人間が部屋にいると考えるのは、不可能ではない。不可能ではないが、何か別の秘密があると考える方が自然だろう。

それがどういうものかはわからない。だが藤田は、どうしてもその秘密を知りたくてならなかった。これ以上、本村と母の姿に苦しめられないためにも。

少しためらって、呼び鈴を押した。

「はい」

かなりたってからインターホンから聞こえてきたのは、だるそうな女の声だった。まだ寝ていたのかもしれない。機械の古さで音が割れているのを割り引いても、かなりハスキーな声だ。ともかく本村や母の声ではなくてホッとする。

「あの……私、藤田と申します」

会話が始まっているというのに、話すことを何も考えていなかったのに気づく。いったい何をどういう順番で話せばいいだろう。

「ちょっと、お尋ねしたいことがあるのですが」

自分でも奇妙な来訪の仕方だと思った時、鍵が開いた。部屋の主は警戒心が薄いようだ。

「いったい何なのよ?」

ドアの隙間から顔を出したのは、まだ若い女だった。まったく化粧をしておらず、眉毛がほとんどない。日に焼けた肌にたくさんのそばかすが浮かんでいる。やはり起きぬけらしく、二重瞼の目が半分閉じかかっていた。見た感じでは二十五、六歳くらいだろうが、この手の女の年はよくわからない。

何より目を引くのは、ぼさぼさのままの髪だった。くすんだ金色と褐色、濃い灰色が、無造作なショートカットの中でまだらになっている。動物園にいる年寄りライオンの、くたびれたたてがみのようだ。

緊張していた藤田は、肩透かしを食ったような気がした。この女が、本村や母に何か関係があるとはとても思えなかった。

「突然、申し訳ありません。実はですね……」

どこか見下しているような女の視線を感じながら、藤田はなぜ自分がここに来たのか話した。頭の中が真っ白になって、嘘やつじつま合わせを考えるゆとりはなかった。すべてありのままだ。

「なるほどねぇ」

話の途中から、女は扉から大きく身を乗り出していた。スヌーピーの顔が大きくプリントされたスウェットを着ているが、さんざん着古しているらしく、その犬の白い顔には細かなひびが走っている。

「五千円」

藤田が一通り話し終わるのを待って、女が掌を差し出した。

「おじさんの疑問にぜんぶ答えてあげる。でも、タダはダメ。夏に海ばっかり行ってたから、お金ないの」

高いのか安いのかわからない取引だ。藤田はしばらく考えて財布を取り出し、千円札を五枚抜いて女に差し出した。

「じゃあ、入って……私一人だから、遠慮しなくていいよ」

女が扉を大きく開くと、中から何と表現していいかわからない匂いが流れ出てきた。柑橘系のような、花の腐ったような匂いだ。藤田はふと、足を踏み入れるのが怖い気がした。

空き巣に入られたのかと思うほど、中は乱雑だった。玄関先にはいくつもの靴が転がっていて、いったい何人で住んでいるかわからない。そこから奥へつながる通路には、口を縛ったゴミ袋が、川の決壊をふせぐ土嚢のように積んである。

とにかく物が多かった。四畳程度のキッチンが、様々な物であふれ返っている。乱雑に置かれた調理器具や食べ物の箱はともかく、脱ぎ散らかした服やゲームの景品らしいぬいぐるみまでもが、なぜキッチンに転がっているのだろう。よく言う〝片付けられない女〟というやつかもしれない。

「ここ、うまく通ってよ」

そう言いながら女は、ゴミ袋と壁の間の細い空間を体を横にして奥の部屋へと入っていった。通るというより、すり抜ける感覚だった。

隣は六畳くらいの部屋で、キッチンの乱雑さに比べれば、まだ整頓されていた。おそらくここが主な生活の場で、他を犠牲にしても、ここだけは美しく維持しようと考えているのだろう。部屋の隅には、ロココ調の装飾のついた場違いな雰囲気のベッドがあり、ふとんがまだ人間の形に盛り上がっていた。

「さっき起きたばっかりでさ。まぁ、そのへんに座ってよ」

勧められるまま、マンガがぎっしり詰め込まれた本棚の前に藤田は座った。何気なく背表紙を見ると、藤田の知らないマンガに混じって『あしたのジョー』の復刻版が並んでいた。確か自分も全巻持っていたはずだが、どこにしまっただろう。

「じゃあ、おじさんの疑問にお答えしましょうか」

女はベッドの上に腰を下ろし、タバコに火をつけながら言った。長めのメンソールだった。おじさんと呼ばれるのは心外だったが、三十五歳を過ぎれば、やむを得ないかもしれない。

「おじさん、呪いって信じる？」

鼻からタバコの煙を吹き出しながら、女は唐突に切り出した。

「呪いって……あの『丑《うし》の刻参《こくまい》り』みたいなことですか？」

藤田の頭の中に、夜の神社の境内で藁人形に五寸釘を打ち込む、白い着物の女のイメージが浮かぶ。

「発想が貧困だなぁ。そういうんじゃなくてさ……あぁ、めんどうくさい。ちょっとこっちに来て」

女は立ち上がると藤田の前を通って、隣の部屋につながる引き戸をあけた。

そこは四畳半ほどの広さだったが、完全に物置になっているらしく、派手な服が目一杯にかけられた衣装ハンガーや段ボールの箱が、所狭しと置かれていた。かと思えば、アンティーク調の大きな時計や、鮮やかなオレンジ色のボディーボードが転がっていて、女の嗜好の広さを物語っている。そのとりとめの無さは、まるでリサイクルショップの倉庫のようだ。

その部屋の窓べに、一人の女性が外の方に向いて立っていた。その後ろ姿を見た時、藤田は思わず息を飲んだ。

「これでしょ、おじさんのお母さん……それとも、会社をクビにした人かな?」

窓べの女性の肩を掴むと、女は軽々と捻ってこちらに向けた。

夢か、と思った。

そこにいたのは、間違いなく母だった。それも、この間まで電車から見ていたような晩年の姿ではない。なぜか若返っている。子供の頃、万博会場ですばらしいダッシュを見せた時の姿だ。昨日送られてきた古い写真でも見た、あの日の母だ。

「あの……私は……俺は」

頭の中に、いろいろなものが一度に押し寄せてくる。

目の前の女性は母親そのものに見えるが、けしてそんなはずはない。母親は年を取り、四年前に孤独死した。

だから、この女性は別人のはずだ。大人としては、挨拶しなくてはならない。けれど、この顔のこの人に、他人行儀の態度を取るのはおかしなことだった。

「落ち着いてよ、おじさん。これは人間じゃないんだから」

そう言いながら女は、母親の頭をぱちんと叩いた。

「おい、きみ！　人の親の頭を叩くなんて」

「へぇーっ、捨てた親でも、他人に叩かれれば頭に来るんだ」

女は母親の頬を撫でながら、どこか冷めた笑いを浮かべた。母親の表情は変わらなかった。

「失敬な……捨てたなんて」

そう言いかけて、藤田は口をつぐんだ。

気持ちはどうあれ、捨てたのと何も変わりはなかった。事実だけを見れば、そうなのかもしれない。だが、なぜそれをこの女は知っているのだろう？

「おじさん、ちょっとここに来てごらんよ」

女に言われて、藤田は母親の横に立った。

近くで見ると、肌にはうぶ毛も小皺もちゃんと刻まれていて、どこから見ても母親だった。けれど、さっきから一言もしゃべりもしないし、指先一つ動かさない。いや、呼吸さえしていない。しいて喩《たと》えるなら、ある瞬間の母親の姿を切り取って、そのまま精巧な人形にしたようだ。ただ不思議と、目線だけはいつも自分の方に向いている。

「今、これが何なのか教えてあげる」

女は携帯電話を母親と並んだ藤田に向けて、内蔵されたカメラの撮影ボタンを押した。

「ほら、見てみなよ」

女に見せられた携帯電話の液晶の中に、自分の姿があった。そのすぐ横には母親の姿があるはずだったが——写っていたのは、ただの白い人形だった。

それもリアルに目鼻を作られたようなものではない。顔は卓球のラケットのような丸い板に過ぎず、鼻を表す小さな二等辺三角形の板が張り付けられている。手は意図的に針金人形のように作られ、先端に掌らしい楕円の板がつながっている。胴体だけはほどほどの生々しさで作られているものの、腰から伸びる脚は、一本の太い支柱だ。どう見ても、よくブティックの店先に展示されているような、簡易マネキンにしか見えない。

「そんなバカな……俺にはこんな風には見えないのに」

目をこすって、液晶画面と目の前にいる母の姿を見比べた。

「それ、呪いがかかってんのよ」

ライオンのたてがみ頭を掻きあげながら女は言った。

「呪い……ですか」

藤田は女の言葉を反復した。その意味することが、よくわからない。

「この部屋を見たらわかると思うけど、私って物が捨てられないの。もったいなくって、何でも取っておくクセがあってさ。捨ててあるものでも、ちょっといいなって思ったら何でも拾ってきちゃうの」

そういう人間は、さして珍しくもない。ここまでひどくはないが、智子も粗大ゴミ置き場にまだ使える物が捨ててあったりすると、拾ってきてしまうことがある。

「その人形も拾ったのよ、二か月前に海の近くで。ウェットスーツを干すのにちょうどいいと思ってさ」

女は再びベッドに戻り、腰を下ろした。

「ちょっと傷んでたけど、使う分にはどうってことなかったからね。軽く洗って、そっちの部屋に放り込んどいたの。そしたら友だちが遊びに来た時、それを見て、すっごくびっくりしたの。もう、わぁわぁ泣いちゃってね。その子の頭のネジが飛んじゃったのかと思ったくらいよ」

いかにも楽しそうに、ニヤニヤ笑いながら女は言った。

「その子、そのすぐ前まで二股かけてたんだ。年下のサラリーマンとトラックの運ちゃんよ。いろいろあって、結局サラリーマンの方を切ったんだけど、その子には、マネキンがそのサラリーマンに見えたらしいのよ。ずいぶんお金を使わせてたみたいだから、ちょっとくらいは悪いと思ってたのかもね」

女が何を言っているのか、藤田にはわからなかった。正直なところ、すでに〝呪い〟という言葉が出た時点で思考が止まっていた。

「でもね、一緒にいた別の女の子には、これが昔首吊った弟に見えたんだって。そっちはそっちでギャアギャア泣き出して、もう大変」

女は皮肉っぽい笑いを浮かべて、やたらと大きい灰皿にタバコを揉み消した。

「つまり、それはどういうことなんですか？」

「そう急《せ》かさないでよ、ちゃんと順番通りに話してるんだから……初めのうちは、私も何が何だかわからなかったんだけど、この人形を見た友だちが、みんな、そんな変なことを言うのよ。中学の時の友だちに見えるとか、死んだばっかりのおじいちゃんに見えるとか。さすがに私も、ちょっと気持ち悪くなっちゃってさ。霊能者みたいな人に見てもらったんだ」

「その人が、この人形には呪いがかかっていると？」

「そう。何とか言う、昔の魔術みたいなものがかかってるって。人間の心の中にある後ろめたさを映し出すんだって言ってたわ。詳しいことはよくわかんないんだけどさぁ……まぁ早い話、私が誰かを捨てるとするでしょ？　で、捨てたことに対して胸を痛めたりすると、その時、このただのマネキンが、私にはその人間の姿に見えるってわけよ。すごいでしょ？」

その言葉を素直に信じていいものか、藤田は躊躇した。常識で考えれば有り得ない話だ。けれど、こうして目の前に母の姿がある以上、笑い飛ばすこともできない。

「よくそんな薄気味の悪いものを、平気で持っていられますね」

「別に、しゃべったり動いたりするわけじゃないからね。そんな変なものを持ってるっていうのも、何か楽しいでしょ」

その神経の図太さに、藤田は舌を巻いた。自分なら、そんな不吉なものを体の近くに絶対置いておきたくはない。

「じゃあ、あなたには、この……人形が誰に見えてるんです？」

母親の姿をしたものに向かって、これという言葉を使うのは後ろめたかった。

「残念ながら私には、さっきの写真の通りにしか見えない。人間の姿に見えたことなんか、いっぺんもない。だから、持っていられるのかもしれないけど……それに、いいこともあるのよ。こうして時々おじさんみたいな人が来るからね。部屋にいたまま、ちょっとしたお小遣い稼ぎができるってわけ」

女はどこか冷やかすような口調だった。

「世の中、善人ばかりなのね。気が弱い人って言った方がいいのかな？　電車の窓から、この部屋の窓に昔の奥さんが見えたとか、別れたきりの子供が見えたとか……みんなおじさんみたいに、その正体が知りたくなって、やって来るのよ」

いつも乗っている満員電車の光景が、頭の中に浮かぶ。自分の他にも、この部屋の窓べを恐る恐る見ていた人間がいたのだ。同じように出勤途中に、自分の過去の罪悪を見せつけられていた人間が。

ようやく、わかった。

この人形は、あくまでも普通のマネキンに過ぎない。けれど誰かに対して罪悪感を感じている人間が見れば、その姿に見える。電車の中で倒れた婦人も、この人形が誰か（おそらく、ユミコという名前の）に見えた。彼女は何かの理由で、その人物に対して罪悪感を持っていたのだろう。

「迷惑だ！」

藤田は思わず近くの壁を叩いた。

「そんなもの、押し入れにでもしまっておけばいいじゃないですか。何でわざわざ窓の近くなんて、人目につく場所に置いておくんです」

「そんなのは私の勝手でしょ」

「こっちは、この人形のために……」

迷惑したと言いかけて、口をつぐんだ。その言葉を吐くのは、自分のエゴを正当化するように思えたからだ。

藤田は母の姿をした人形を、じっと見た。

この母の姿は自分だけに見えているらしい。自分の中の罪悪感が、人形に映り込んでいるだけなのだ。本村の姿も、これだったのだろう。彼が苦労していると聞いて、自分は彼に後ろめたさを感じた。だから、この人形が本村に見えたのだ。

「それにしても呪いなんて、誰がそんなことを」

「そこまではわかんないわよ。でも、何となく想像できない？　誰かが自分を捨てた恋人を恨んで、呪いをかけた人形を送り付けたとかさ。考えてみたら、この人形を拾ったのは海の近くの林の中よ。何だか隠すみたいに、上に葉っぱや砂がかけてあったわ。きっと送り付けられた人が、壊すこともできずに捨てたんじゃないかしら」

そう言うと女は、新しいタバコに火を点けながらニヤリと笑った。

「この話だけで五千円はちょっと高いかな……なんなら、オマケをつけてあげようか？」

「オマケ？」

「十五分だけ、そっちの部屋で人形と二人きりにしてあげる。ここに来た人はみんな、そうしたがるわ。私には、そういう心理はわかんないけど」

数分後、雑然とした物置のような部屋で藤田は、母の姿に見える人形と向き合っていた。

すぐには信じられない話だった。けれど、目の前にはっきりとある母の姿を否定することはできない。

見れば見るほど、それは在りし日の母そのものだった。万博会場にいた母を、そのまま連れてきたようだ。

顔を近づければ、瞳に今の自分の顔が映っている。そっと指先でその手の甲をつければ、自分のずっと深いところにある感覚が、間違いなく母の肌であると認めている。

藤田は大きくため息をついた。

この部屋を訪れた人間は、みんなこの人形と二人きりになりたがったという。彼らはいったい、何をしていたのだろう。

人形に語りかけ、許しを乞うたのだろうか。

なぜ捨てなければならなかったのか、とうとうと言い訳を並べたのだろうか。

あるいは黙って、人形を抱きしめていたのだろうか。

心に染み込んだ罪悪感を軽くするためには、きっといい方法だろう。自分もやってみたら、すっきりするかも知れない。けれど藤田はどれもせず、ただじっと、在りし日の母の姿を見つめていた。

はるか彼方に流れ去っていった万博の風景が、頭の中をよぎっていく。

面白い形をしたパビリオンの数々。

会場を埋め尽くす人、人、人。

あの夏の日、自分は間違いなく、家族とあの場所にいた。

そして月の石。

# 4

「万博、懐かしいわね」

藤田が持ってきた写真を眺めながら、智子は言った。調子が思わしくなく、ベッドに横になったままの姿勢だった。藤田はベッドサイドの椅子に腰掛けていた。

天気予報が当たって、週末になって天気が崩れた。ときおり波が打ち寄せるように、強い風が病室の窓に雨粒を叩きつけていく。秋の天気は不安定だ。

「すごく行きたかったんだけど、私は行ってないんだ。家の経済事情が許さなくって……だから、行った友だちが、すごくうらやましかったな」

外の荒れ模様とは正反対に、智子は明るいほほ笑みを浮かべていた。その肌はいつもよりいっそう白く、手首に青い血管が鮮やかに浮かびあがっている。

「そういえば子供の頃、近所にカナちゃんって友だちがいてね。その子が、やっぱり夏休みに万博に行ったのね。帰ってきてからお土産をくれたんだけど、それが何だったと思う?」

「さぁ……絵ハガキとか、キーホルダーとか?」

「それならまだいいわよ。迷子札よ、迷子札」

「あぁ、あの胸に付けるカードみたいなやつ」

万博会場に入る子供たちに迷子カードが配られたのを、藤田は思い出した。きっとカナちゃんはそれを余計にもらって、お土産にしたのだろう。

「確かに万博のマークくらいはついてたかもしれないけど、そんなのをもらってもねえ」

智子は、いかにも面白そうに笑った。

「あの頃は、何だか日本中がすごく盛り上がってた気がするわ。今はもう、何も残っていないんでしょ？」

「そのままの形で残っているのは、太陽の塔くらいなのかな。あとは全部壊されたり、どこかに移設されたらしいけど」

子供の頃、巨大なソ連館が解体されている写真を、新聞か雑誌で見た覚えがある。その時に感じた『さぁ、お楽しみの時間は終りだよ……』と言われているような、ひどく寂しい気持ちは今でも忘れられない。

万博には、のべ六千四百万人の入場者があったという。あれから三十年以上の時間が流れたけれど、あの時六千四百万人が夢見た未来に、少しは到達できたのだろうか。

「私、少し疲れたから眠るわね。コウさんも、たまには家でのんびりしたら」

話が一段落ついて、智子はベッドの中で言った。いつもはなかなか帰してくれないのに、珍しいことを言い出す。

藤田は、家で山になっている洗濯物のことを思い出した。少しでも洗ってコインランドリーの乾燥機にかけなければ、月曜に会社に着ていくものさえない。

「じゃあ、明日また来るよ。何か欲しいものはないかい？」

尋ねると、智子は少し考えてから、別に……と答えた。その頬にそっとキスすると、微かに熱かった。

藤田は病室を出て、まっすぐエレベーターに向かった。挨拶しようとナースステーションに立ち寄ると、看護師の三輪ちゃんがどこか真面目な面持ちで、主治医の坂崎先生のところに顔を出していくようにと言った。

診察室を訪ねると、先生はいつにもなく神妙な顔つきだった。

「まことに申し上げにくいですけどね」

先生は壁のビュアーに付けたレントゲン写真を指し示しながら、簡潔に告げた。

「奥様は、非常に悪い状態です。正直に言って、もうあまりできることはありません」

一瞬、無造作に心臓を握られたような気がした。

「そんなに悪いんですか」

今し方見たばかりの、智子の明るい顔を思い出しながら尋ねる。確かに顔は白かったが、調子はそれほど悪くなかったように見えた。

「ご主人の前だから、がんばってるんですよ。実際は、激しい痛みを感じているはずです」

医者の言葉は藤田の頭の中を、電気に痺《しび》れたように広がっていく。

「そこで、ご主人に考えていただきたいのですが……どうなさいますか？　このまま治療を続けても、回復する見込みはありません。むしろ、奥様の苦しみを延ばすことになります。もちろん痛みを取ることは続けますが」

智子の笑顔が、頭の中でぐるぐると回っている。

「治療をやめたら、妻は」

「残念ですが、三週間も保《も》たないでしょう」

「続けたら、どのくらい……」

「それでも、年を越せるかどうか」

藤田は言葉を失った。

いつか、こんなことを言われる日がくるとは知っていた。病気が発見された時から、ぼんやりと覚悟はしていたことだ。けれど、やはり藤田の心に真っ先に浮かんだ言葉は――お願いです、嘘だと言って下さい。


家に向かう電車の中で、藤田は激しい雨に煙る街を眺めていた。空も道も街も、すべてが灰色の濃淡の中に沈み込んでいる。目に映るものすべてが、鉛筆デッサンの風景だ。

考えるともなしに、智子との日々が頭に浮かんでくる。

二十二歳の頃に出会って、ほぼ十七年間。子供には恵まれなかったが、楽しいことばかりだったように思う。今となっては、ケンカしたことさえ愛しくてならない。智子がいなくなったら、この世界はいったいどんな風になるのだろう?

藤田の乗る普通電車と並んで、準急電車が走っていた。ところどころ曇った窓ガラス越しに、向こうの電車にいる人たちの顔がぼんやりと見える。

ふと、その中に、智子の顔があるような気がした。

今まで同じ電車で並んで座っていたのに、智子はいつのまに乗り換えてしまったんだろう。自分たちは同じ電車で、どこまでも一緒に行くのではなかったのか。そう約束していたのではないのか。どうして智子だけが違う電車に乗り換えて、ずっと先に行ってしまわないといけないのだろう。

やがて準急電車は、ごく当たり前に普通電車を追い越していった。ただそれだけのことで、藤田の目に涙が滲んだ。

(いったい、どうすればいいんだろう)

坂崎先生の言葉が、頭の中に浮かんでは消える。

智子の治療を続けるべきか、やめるべきか。

どちらを選んでも、結果が大きく変わることはない。むしろ、智子の苦痛が延びるのだと思えば、治療はやめてもらった方が良いのかもしれない。

「コウさん、もしも……ね」

ずっと昔、難病に苦しむ人のドキュメント番組を一緒に見ていた時、智子が言っていたことがある。まだ健康だった頃だ。

「もしも私が病気になって、どうしても治らなくなったら……機械や薬の力で、意味なく長生きさせるのはやめてね」

「何をバカなことを言ってるんだい」

あの日、自分は笑って答えた。

「それを言うなら、俺もだよ。意識をなくして何日か生き永らえても意味はないしな。

治療費だってバカにならないだろうから、そんなことに使うくらいなら、一人残ったトモの生活のために使ってくれよ」

自分がふざけた口調で言うと、智子は深刻な表情でしばらく黙っていた。

「私はだめ。もしコウさんが一日でも長く生きられるなら、絶対に治療をやめない」

あくまでも冗談の話だったのに、いつのまにか智子は目にいっぱい涙を溜めていて、やがて声をあげて泣いた。

まさか本当に、その選択をしなければならない日が来るとは思わなかった。仮に来たとしても、ずっとずっと先のはずだった。

（いったい、どうすればいいんだろう）

同じ問いかけが、心の中で回り続ける。

どうすることが智子にとって一番いいことなのだろう。智子が一番幸福になれるのは、どの道だろう。

片側に考えが寄り始める。その選択の正しさを、いろいろな角度から検証する。一見、正しい選択のように思えてくる。だが、ふと別の考えが浮かぶ。それは本当に正しいことなのか、本当に智子のことを考えての選択なのかと考え直す。

もしやそれは、自分のエゴではないのか。智子よりも、自分の都合を優先させているのではないか。そう考えると、また思考は初めに戻ってしまう。

堂々巡りの思考をしているうち、突然藤田の頭に、例のマンションの窓べに立つ母の姿がよぎった。

あれは母ではない。心の中の罪悪感を映し出す、呪いの人形だ。ただのマネキンなのに、自分が捨ててきた人間の姿に見える。

なんていやな人形だろう。誰一人、捨てるつもりで捨てた人間などいないのに。

（もしかしたら）

あることに思い当たって、藤田の背筋に寒いものが走った。

（もしあの人形が、智子に見えるようなことになったら）

白分は智子にとって、最善の道を選ぼうとしている。けれど治療をやめるにしろ続けるにしろ、必ずいつか、選ばなかった道の方が正しかったのではないか、と思う日が来るだろう。その時、電車の中から見るあの人形が、きっと智子になる。

智子がどこか恨めしい顔で、満員電車の中の自分をじっと見つめている――そんな光景は、絶対に見たくない。

けれど、その時はきっとやって来るに違いない。深く深く、智子を愛していたからこそ。

藤田は呼び鈴を押した。ややあって、聞き覚えのある女のハスキーな声がする。

「先口お伺いした藤田ですが」

例のマンションの、あの部屋だ。やがて扉が開き、あいかわらずライオンのたてがみのような頭をした女が顔を出す。

「藤田って誰だっけ……あぁ、おじさんか」

女は藤田の顔を見て笑顔を浮かべたが、目は笑っていなかった。

「どうしたの？　水も滴るいい男ってシャレのつもり？」

「風で傘が折れちゃったんで、そのまま捨てたらこの有様ですよ」

藤田は頭から水をかぶったように、全身が濡れていた。

「入る？」

「いや、ここで結構です。あまり気安く他人を部屋に入れない方がいいですよ」

「じゃあ、せめて玄関まで」

女は意外に親切だった。あふれ返った靴を素足で隅に寄せて、藤田の立つスペースを作ってくれた。

「今日は何か用なの？」

台所の冷蔵庫の取っ手に下がっていたタオルを、女は投げてよこした。さんざん手を拭いたものだろうが、かまわず藤田は顔に張りついている雨の滴をぬぐった。

「急で申し訳ないんですけど、例の人形……あれを譲ってもらうわけにはいきませんか」

「どうして？」

「どうしてもです」

面倒なので説明はしなかった。この女に話す意味はないだろう。とにかく、今のうちにあの人形を壊さなくてはならない、ということで藤田の頭はいっぱいだった。

「悪いわね」

しばらく何ごとか考えていた女が言った。

「今日、あの人形を譲ってほしいって来たのは、おじさんで二人めよ。ほんのちょっと前に、やたら派手なおばさんが来たわ」

「その方に譲ったんですか？」

「だって、二十万出すって言うんだもの。かっきり現金を出されちゃ、売らない理由は何もないのよ」

藤田は心の中で、ホッとした。

その日の朝も見ていたが、あの人形はあいかわらず万博会場の母の姿をしていた。それを壊すということは、あの日の母に危害を加えるということでもあった。

その仕事の困難さを思うと、藤田はなかなかこのマンションに来ることができなかった。心を決めるためにさんざん雨の中をさまよって、すっかり濡れネズミになってしまったというわけだ。

「その方は、あの人形をどうするつもりなんですかね」

「さぁ、そこまでは聞かなかったわ。まぁ、使いようによっては、お金儲けの種にできるかも知れないわね。面倒だから私はしなかったけど」

「何にしても、もうこの家にはないんですね？」

藤田は二重の意味で胸を撫でおろしていた。母親の姿をしたものを自分の手で壊さなくて済んだことと、出勤途中に過去の罪悪と対面しなくて済むことと。

「そうよ……安心した？」

女はどこかからかうような口調で言った。

明くる日、藤田は朝から夜まで病院で過ごした。

智子は薬の力でこんこんと眠っていた。とにかく苦痛だけは取り除いてほしいと、藤田が頼んだのだ。

三時間に一度くらいの割合で、うっすらと目を開けた。その時、藤田は智子の手を握って、そっとほほ笑みかけた。智子は安心したようにほほ笑み返して、またすぐに眠りに落ちた。その寝顔は疲れていたが、美しかった。

夜になって家に戻り、一人の食事をしながらテレビを見ていると、ある二つの事件が報道されていた。

一つは、十五年近く前に同僚だったホステスを殺して逃げていた女が、時効成立間近に、突然自首してきたというニュースだった。

女は整形手術で顔を変え、他人に成り済まして逃亡生活をしていたが、突然罪悪感に耐え切れなくなったのだという。被害者の女性の名はユミコと言った。

もう一つは、A川という大きな川での奇妙な出来事だった。

その川にかかる橋を早朝ジョギングしていた人が、水面に女性らしい人間が浮かんでいるのを見つけて、警察に通報した。ほぼ同じ時間に同じような通報が十数件近く寄せられていたが、不思議なことに浮かんでいるという人間が、みんなバラバラだった。ある人は年老いた男性だと言い、ある人は子供だと言った。

もしや船でも転覆したのかと大々的な捜索が行われたが、一体の水死体も発見できなかった。だが通報者の誰もが、自分は断じて見間違いなどしていないと語り、ちょっとした秋のミステリーだとニュースは締めくくっていた。

藤田にだけは、ことの真相がわかった。女が自首した警察署も、A川も、どちらもT線沿線にあったからだ。きっとあの呪いの人形は、今頃は川の泥の中に沈み込んでしまったに違いないと、テレビを眺めながら思った。

やがて冬が来て、長く寒い時間が訪れた。藤田の生涯で、もっとも寒い時間だった。

二月の土曜の夜、藤田はあまり馴染みのないU駅前の繁華街を歩いていた。手にしたメモを見ながら、ようやく一軒のラーメン屋を探し出した。暖簾《のれん》をくぐって中に入ると、活気のある従業員の声が藤田を迎えた。

「藤田課長じゃないですか」

カウンターに腰を下ろした藤田に、カウンターの向こうに立っていたメガネの男が、うれしそうに声をかけてきた。かつて会社を去った本村だ。

「ここで働いてるのを見たっていう人間がいてね。ちょっと寄らせてもらいました」

「感激だなぁ……何にします?」

藤田は醤油ラーメンを注文した。本村は景気よく注文を復唱すると、麵玉を沸いた湯の中に投げ込んだ。

しばらくぶりに見る本村は、会社にいた時よりも、ずっと生き生きとして見えた。若い連中にもてきぱきと指示を与えて、この店の中核になっている様子だ。案外、向いていたのかもしれない。

「その節は本当にお世話になっちゃって……さぁ、どうぞ食べて下さい。うまいですよぉ」

本村は湯気の立つどんぶりを、藤田の前に差し出した。

「そのセーター、暖かそうですね」

上着を脱いだ藤田を見て本村は言った。

「ちょっと、いいでしょう」

肩のあたりをつまみ上げて、藤田は笑い返した。ベージュに鮮やかな青い線の入った手編みのセーターだった。

「課長にこんなことを言うのも、どうかと思いますけどね。今は、あの会社をやめて良かったと思ってるんですよ」

カウンターに身を乗り出して藤田に顔を近づけると、本村は小さな声で言った。

「でも、ずいぶん大変だったんじゃないですか」

「まぁ、初めのうちはね。慣れない仕事でキュウキュウとしてた時期もあります。でも、今はなかなか楽しくやってますよ。あと二年がんばれば、自分の店も出せるんです。そういうシステムでしてね、このチェーンは」

何だか会社にいた頃よりも、本村は若返っているようにも見える。メガネこそ同じだが、その向こうの目の色がずいぶん違う。髪も短く刈りあげ、半袖シャツから伸びる腕が逞しい。

「うまい！　これはいける」

藤田はスープを一口すすり、麺を口に運んで言った。

「そうでしょう！　今度はぜひ、奥さんもご一緒に」

「そうですね。きっと喜びますよ」

智子もラーメンが好きだったな、と藤田は思い返した。

食べ終わって外に出る。

冷たい風に上着の前を合わせ、誰も知る人のない繁華街を藤田は歩いた。

ふと見あげると、冬の空に冴え冴えとした満月が出ている。

あの星からはるばる持ってきた石を、かつて自分は見たことがある——そう思うと、
不思議と幸福な気分が、心いっぱいに広がっていった。

# 解説　原石のセピア色の輝き

石田衣良

短篇の新人賞は冬の時代である。

短篇でデビューした作家は、なかなか生き残らないのだ。ぼくも「オール讀物推理小説新人賞」という、ほとんど一般の読者にはなじみのない賞でデビューしたので、それはよく知っている。なにせ内輪の授賞式で、文芸担当の取締役にいわれたのだ。

「いやあ、あなたのはなかなかおもしろいけど、うちの雑誌はあまり空きがないから。つぎをのせてあげられるかどうか」

その後いくつかライバル小説誌の名前をだして、あそこなら面倒見がいいとか、二作目まではのせてくれると、親身に教えてもらった。ぼくはまだなにも知らなかったので、笑ってきいていたが、ひとつだけわかったことがある。

要するに新人賞を獲ったことなど、なにほどのことでもない。とくに賞をもらっても一冊の本にならない短篇の新人賞では、ほとんどナッシングなのだ。すべての力を明かすのは、ひとえにこれからの努力にかかっている。明日から、ちゃんとつぎの作品を書こう。

文藝春秋からの帰り道、ぼくは歴代受賞者のリストを眺めていた。この賞をもらってその後きちんと活躍する生存率は、せいぜい十数パーセント。絶望的に厳しい数字である。

さいわいにも、ぼくの受賞作はシリーズ化されて単行本になり、その他あれこれと幅を広げて小説を書いていくこともできた。十年もてば一人まえといわれる小説の世界で、なんとか生き残ることができそうだ。

だからこそ逆に、毎回「オール讀物」の新人賞には注目していたのである。ぼくのあとは誰が生き残り、ブレイクしていくのか。毎年受賞作を読み、その後の活躍に目を配っていた。

そして、ぼくの受賞から五年後、彗星のようにあらわれたのが、朱川湊人である。記念すべきデビュー作品集が、この『都市伝説セピア』なのだ。ここに収められた五篇のどれでもいい。初めてその作品を手にした編集者は、驚きよろこんだことだろう。これだけ無数の小説が書かれているのに、誰のどんな作品にも似ていないからだ。それだけで、生き残る確率はぐんと高くなるはずである。

まず受賞作「フクロウ男」から見てみよう。都市伝説に魅せられた男が、自ら伝説の主人公として連続殺人に手を染めていくストーリーだ。こうした作品の場合、いくらでも残酷さや暗い情念に走ることができる。だが、朱川さんはあえてそういう手段は取らない。落ち着いた趣味のいい文体で、抑制をきかせたまま語り切るのだ。それでいて、最後にはきちんと読者をあざむくひとひねりを加えている。最初に掲載誌で読んだときの感想は、「おや、なみの新人ではないな」というものだった。

受賞作から四カ月遅れて載せられた第二作（この作品こそ実質的なプロ作家としてのスタートである）「死者恋」では、語り手は中年の女性に替わる。なんでもないように見えて、新人としてはかなり高度な技術がなければできない芸当だ。自殺した画学生に恋をしたふたりの女性のライバル関係。この絶望的な恋の鞘当を思いついたとき、きっと相当の手ごたえを感じたことだろう。こちらも、最後のどんでん返しには、受賞作に負けない強い引きがある。

ここまでが小説誌掲載分で、このあとはすべて書き下ろしになる。第二作を仕上げたことで、急速に筆力はあがっていたのだろう。朱川さんは自信をもって、のびのびと自分の世界を広げるようになった。作家は当人が自由に資質を伸ばしていくほど、周囲から支持を集めることができる幸福な職業なのだ。直木賞受賞作『花まんま』につうじる世界が、ここで初めて顔をのぞかせてくる。このことについて、ある対談でぼくはいった。

「ぼくの作品はいつも現在進行形で物語をまえにドライブするけれど、朱川さんの小説は記憶のなかの一点に強い力でさかのぼっていく過去完了形の作品が多い」

時間の流れに逆らい、過去の世界に帰ろうとする力が、作品にさまざまな色合いを生むことになるのだ。よき時代へのノスタルジー、セピア色の懐古趣味、子ども時代の思い出の切なさ。現代には望んでも得られないものへのあこがれをしっかりと描けるのは、物語の構造がすべて過去の輝かしい時間へさかのぼることに集中しているからなのだ。

それは「アイスマン」でも明らかだ。移動見世物小屋になったバスのなかには、「河童の氷漬け」が飾られている。しかも、当時のヒット曲はキャンディーズの「年下の男の子」だという。主人公を案内してくれたノンコと再会したときの切なさは、そのまま残る一生を氷の世界に生きようという決意に変わっていく。素晴らしいエンディングだ。

大人気だったテレビ番組「ウルトラQ」を思わせるのが、「昨日公園」である。先ほどまでいっしょに遊んでいた親友が、交通事故であっけなく死んでしまう。なぜか一日まえの公園にタイムスリップした遠藤少年は、なんとか事故をとめようと手を尽くすが、何度繰り返しても、親友の死は避けられない。この厳しさと幕切れの鮮やかな反転は、一度読めば忘れられないだろう。

そして、最後の「月の石」である。ぼくが大阪万博にいったのは、十歳のときだった。頭が粗雑にできているので、ぼくはなにひとつ覚えていない（一番印象的だったのが往復の新幹線！）。同じときを七歳で迎えた朱川さんは、これほど鮮やかに時代の空気を切り取ってくるのだ。

心にやましさがあるとその人物に見える呪いの人形というアイディアが、棋図かずお的でまずおもしろい。だが、そのアイディアを転がしていく作者の腕はさらに確かだ。リストラで首を切った部下、孤独死させた母親、そして最後に病気で亡くなる妻。生きるうえで避けられない後悔を、ペーソスあふれるホラー作品に仕立てあげていく。この作品は見事なだけでなく、物語の最後に人間へのあたたかな視線がある。完成度では「昨日公園」だけれど、ぼくが一番好きなのは誰がなんといっても、この「月の石」である。

デビュー作以降の朱川さんの活躍については、もういうことはないだろう。「オール讀物」の新人賞だけではなく、翌年には「日本ホラー小説大賞短編賞」も獲っている。あまり注目されることはないが、すべての小説誌に作品を発表した新人の最短記録をもっているのは、この十年間では、きっとこの人だろう。

ちなみに『都市伝説セピア』は初の直木賞候補作にあげられている。そのおおきな賞も単行本三作目の『花まんま』で、苦もなくあっさり受賞している。朱川湊人は、とにかく破格の新人で、巨大なセピアの原石だったのだ。

その朱川さんとぼくが初めて挨拶したのは、日本推理作家協会のパーティでのことだった。写真を一枚撮らせてもらえないかと、声をかけられたのである。話してみると、朱川さんは大阪のおばちゃんのようだった。冗談が好きで、自分の冗談によく笑い、世のなかの非道について、明るく義憤を漏らす。作家にはデビューが同じ賞の場合、妙な同朋意識があるので、きっとぼくと話すのは気楽だったのだろう。

その後、新大久保ツアー（焼肉、ゲイのショーパブ、韓国カラオケスナック、どれもぼくたちにはぴったりだった）をごいっしょしたり、直木賞のパーティでは朱川さんの子どもたちと写真に納まったりした。朱川さんはあい変わらずミーハーなところがあるので、自分の授賞式でも有名人をぱちぱちと撮影していたのだ。

腕がある作家というだけでなく、この気さくさが朱川さんの特徴なのである。

作家は自分の将来の姿を、自分の作品のなかでずばりといいあててしまうことがよくあるものだ。それは無意識のうちの予言であり、目標宣言だ。デビュー作の「フクロウ男」には、その一節が間違いようのない形で記されている。

「社会というつまらない世界に、幻想の花を咲かせようとした最高のエンターテナー」

これは江戸川乱歩がつくりだした怪人二十面相についての言葉だが、そのまま作者の自画像にもなっている。朱川湊人が咲かせる幻想の大輪に、注目しようではないか。きっとそこには、現代に失われた懐かしい芳香がただよっていることだろう。

（作家）

単行本　二〇〇三年九月　文藝春秋刊

文春文庫



都市《とし》伝説《でんせつ》セピア

定価はカバーに
表示してあります

2006年4月10日　第1刷

著　者　朱川《しゅかわ》湊人《みなと》

発行者　庄野音比古

発行所　株式会社　文藝春秋

東京都千代田区紀尾井町 3-23　〒102-8008
TEL 03・3265・1211
文藝春秋ホームページ　http://www.bunshun.co.jp
文春ウェブ文庫　http://www.bunshunplaza.com

落丁、乱丁本は、お手数ですが小社製作部宛お送り下さい。送料小社負担でお取替致します。

印刷・凸版印刷　製本・加藤製本

Printed in Japan
ISBN4-16-771201-6

# 文春文庫

エンタテインメント

（　）内は解説者。品切の節はご容赦下さい。

## 真珠夫人
菊池寛

気高く美しい男爵令嬢・瑠璃子は、借金のために憎しみ抜いた相手のもとへ嫁ぐ。数年後、希代の妖婦として社交界に君臨する彼女の心の内とは——。話題騒然の昼ドラ原作。（川端康成）

き-4-4

## 貞操問答《ていそうもんどう》
菊池寛

美しい三姉妹の次女・新子は、ある富家の家庭教師として軽井沢の別荘に赴くが、夫人の露骨な侮蔑に遭い……。女同士の舌鋒が冴え渡る、昭和初期の大流行小説、復刊第二弾！（江藤淳）

き-4-5

## 無憂華《むゆうげ》夫人
菊池寛

古き因縁で敵同士の侯爵家と伯爵家。侯爵の妹、名花と謳われる絢子姫と、伯爵の弟、青年外交官の康貞は、惹れ合うが苛酷な運命に翻弄される。九條武子をモデルとした悲恋小説。（猪瀬直樹）

き-4-6

## ひるの幻 よるの夢
小池真理子

老作家の許で密かな妄想を紡ぐ秘書、年下の青年の「手」に惹かれる中年女性……。エロスにはさまざまな形がある。禁色のエロティシズムを描いた妖しく艶めかしい六篇。（張競）

こ-29-1

## 天の刻《とき》
小池真理子

いつ死んでもいい……。四十代の女たちが、思いがけず、恋愛の極みへと誘われていく。エロスとタナトス、そして官能の一瞬が、絶妙の筆致で描かれる極上の恋愛作品集。（篠田節子）

こ-29-2

## 虚無のオペラ
小池真理子

日本画家の専属裸婦モデルを務める結子と、ピアニストの恋人島津は「別れ」のために冬の京都の宿に籠もる……。恋情と性愛の極みを艶やかに奏でる恋愛文学の極北！（髙樹のぶ子）

こ-29-3